# PUNSCH, PLÄTZCHEN & PISTOLEN

*Kurzkrimis*

Gesine Schulz

Copyright © 2019 Gesine Schulz · www.gesineschulz.com
Alle Rechte vorbehalten

Satz, Layout & Cover: G. Schmid · www.buechermacherei.de
Cover Design by James, GoOnWrite.com
Grafiken/Illustrationen: #117752413, Shutterstock;
#14570339, #73022518 Adobe Stock

Herstellung und Verlag: BoD - Books on Demand,
Norderstedt

ISBN 978-3-7504-0476-2

MIX
Papier aus verantwortungsvollen Quellen
Paper from responsible sources
FSC® C105338
FSC
www.fsc.org

# INHALTSVERZEICHNIS

| | |
|---|---|
| Blut auf dem Schuh | 7 |
| Ein Freundschaftsdienst | 31 |
| Blaubart im Schnee | 51 |
| White Christmas | 81 |
| Die Autorin | 99 |
| Liebe Leserin, lieber Leser … | 100 |
| Quellenverzeichnis | 101 |

# BLUT AUF
# DEM SCHUH

*D*amian war sauer. Er spülte noch einen Lego-
stein das Klo hinunter, einen roten. Zwanzig
waren jetzt weg. Vielleicht auch nur vierzehn. Er goss
die halbe Flasche von Mamis Lieblingsshampoo hinterher und zog wieder ab. Die Kloschüssel war bis
oben voller Schaum und roch nach Äpfeln.

Er machte die Badezimmertür hinter sich zu, wie
es sich gehörte, und öffnete die Tür zu Mamis Zimmer. Sie saß am Schreibtisch vor dem Computer.

„Mami? Ich bin sauer. Sauer, sauer, sauer!"

„Ich weiß, Süßer." Sie drehte sich zu ihm um. „Das
hast du mir nun schon dreimal gesagt. Es tut mir
auch wirklich leid, dass wir nicht zum Weihnachts-
spiel gehen können. Aber du bist ja ein großer Junge.
Job ist Job. Und ich muss dies bis heute Abend fertig
haben. Ich habe es dir doch erklärt."

Damian nickte, schloss die Tür und ging ins Wohnzimmer. Er warf sich auf das Sofa. So sehr hatte er
sich auf das Weihnachtsmärchen heute Nachmittag
gefreut! Er nahm die Fernbedienung auseinander und
versteckte die Batterien in der Sofaritze.

Das Telefon klingelte. Es machte leise *ping*, als Mami
im Arbeitszimmer abnahm. Ganz vorsichtig nahm
Damian den Hörer vom Wohnzimmertelefon ab und

hielt ihn ans Ohr. Wie ein Spion. Oder ein Detektiv. Ach, es war nur Tante Melanie. Sie wollte wissen, ob Mami mit zum Nikolausmarkt käme.

Nikolausmarkt … Auf einem Schloss! Damian setzte sich auf. Ob es da Ritter gab?

„Nein", sagte Mami, „geht leider nicht. Ich stecke mitten in einem Terminauftrag. Und sonst wären wir jetzt schon auf dem Weg ins Grillo-Theater, dort spielen sie dieses Jahr *Die kleine grüne Hexe vom Stadtwald*. Sag, willst *du* nicht mit Damian hingehen? Er hat sich so darauf gefreut."

Damian riss die Augen auf. Doch noch ins Theater?

„Sorry, Kerstin", sagte Tante Melanie. „Ich habe meiner Schwiegermutter versprochen, auf dem Hugenpoet-Nikolausmarkt ihre Einkaufsliste abzuarbeiten. Der ist ja nur an diesem Wochenende, und heute ist der letzte Tag, sonst hätte ich mir das mit dem Theater überlegt. Aber … ich könnte Damian mit nach Kettwig nehmen, wenn du willst."

„Ja!", kreischte Damian ins Telefon. „Das will ich! Gibt es da echte Ritter?"

„Damian!", hörte er die vorwurfsvolle Stimme seiner Mutter. „Du sollst doch nicht am Telefon lauschen. Wie oft habe ich dir das schon gesagt?"

„Ziemlich oft, Mami. Ganz genau weiß ich das nicht. Darf ich mit? Gibt es da Ritter?"

„Na, ich weiß nicht. Ritterrüstungen vielleicht. Ja, das könnte ich mir vorstellen."

Melanie steckte ihr Handy weg. Noch mal Glück gehabt! Ein kleiner Junge war besser als niemand. Sie hätte sonst echt in der Klemme gesessen, nachdem Sinja wegen ihrer Migräne so kurzfristig abgesagt und auch sonst niemand Zeit hatte.

Auf dem Weg zum Auto atmete Melanie tief durch. Kein Grund zur Panik also. Sie würde den Jungen dabeihaben. Sicher nett, mit einem Kind auf dem Weihnachtsmarkt, dachte sie ohne Überzeugung. Sie hätte den Besuch ins Wasser fallen lassen, hätte sie ihrer Schwiegermutter nicht versprochen, dort die weihnachtlichen „Aufmerksamkeiten" zu kaufen, die sie seit Jahren auf Hugenpoet zu besorgen pflegte. Diesmal hinderte die Hüft-OP sie daran, von der sie sich wegen einiger Komplikationen langsamer erholte, als sie sich vorgenommen hatte. Deshalb saß sie noch in der Reha-Klinik fest, wie sie es bezeichnete, und war frustriert; zumal sie von der Laupendahler Höhe beinahe aufs Schloss spucken konnte.

Auf der Alfredstraße gab es mal wieder eine Baustelle. Der Verkehr stockte. Aus dem Rückfenster des Saab vor ihr schaute ein Bernhardiner Melanie aus melancholischen Augen an. Im Auto nebenan tippte ein junger Mann ins Handy.

Wieder einmal wunderte Melanie sich, dass es ihr nicht das Geringste ausmachte, im Auto allein zu sein, umgeben von Menschen in anderen Autos oder

*11*

auch den Blicken von Fußgängern ausgesetzt. Was war daran so anders, als allein in einem Café zu sitzen oder solo eine Veranstaltung wie den Nikolausmarkt zu besuchen? Beides Unternehmungen, die auch nach zwei Jahren als Witwe Panikattacken auslösten und solche Besuche ohne Begleitung für sie unmöglich machten. Eine Schwäche, die sie vor aller Welt und besonders vor ihrer energischen Schwiegermutter gekonnt verborgen hatte. Und weiter verbergen würde. Um jeden Preis. Allein bei der Vorstellung, wie die darauf reagieren würde, kräuselten sich Melanies Eingeweide. Sie schämte sich so wegen ihrer Macke. Offen darüber zu sprechen, wie es der Psychologe geraten hatte, war ihr nicht möglich. Auf ihr Drängen hatte er zugeben müssen, dass die Phobie auch von allein verschwinden könnte. Darauf setzte sie.

Sie bog in den Haumannplatz ein und parkte.

Mami knöpfte ihm die Jacke zu. Er konnte das schon selbst, doch es gefiel ihm, wenn sie es tat. „Hör schön auf das, was Tante Melanie sagt, Schatz. Sie hat keine Kinder und weiß vielleicht nicht so genau, wie –"

„Du hast aber auch keine Kinder, Mami. Nur ein Kind."

„Aber was für eins!" Mami lachte und wickelte den Schal um seinen Hals. Sie machte es mit einer besonderen Schlaufe, damit der lange Schal nicht verrutschte.

„So!" Sie drehte ihn um, und beide schauten sie in den großen Spiegel.

„Schick siehst du aus, mein Süßer."

Er nickte und sah hinunter auf seine neuen Lieblingsschuhe. Die Sneakers waren das Allerbeste. Es war sooooo spannend gewesen! Er hatte lange warten müssen, bis endlich die E-Mail gekommen war, dass seine Karte, die sie in dem Schuhladen in Düsseldorf ausgefüllt hatten, aus der Lostrommel gezogen worden war. Mami hatte sich so gefreut. Weil es von dieser Sorte nur wenige Exemplare gab. *Limited edition* hieß das. Man musste sich bewerben um die Schuhe. Ihm gefielen die schneeweiße dicke Sohle und das himmelblaue Leder darüber. „Darin läuft es sich wie auf Wolken", hatte der Schuhverkäufer gesagt. Eine schöne Vorstellung. Beinahe wie fliegen hörte sich das an.

Mami füllte die kleine Geldbörse, steckte sie ihm in die Jackentasche und zog den Reißverschluss zu. „Pass schön darauf auf. Im Gedränge sind gerne Taschendiebe unterwegs."

„Echt? Taschendiebe? Cool!"

Die Türklingel schellte. Sie liefen die Treppe hinunter. Mami holte seinen Kindersitz aus dem Auto und befestigte ihn in dem Clio von Tante Melanie. Er gab Mami einen Kuss und ließ sich anschnallen.

Ritterrüstungen! Taschendiebe! Vielleicht sogar gebrannte Mandeln!

*13*

Der Kleine war höflich erzogen, dass musste man Kerstin lassen. Doch warum musste sie ihn zu einem solchen Modepüppchen machen? Alles schick, ausschließlich Markenkleidung und sauteuer. Wozu, wo er doch bald aus allem rauswuchs?

Als hätte Damian ihre Gedanken gespürt, fragte er: „Hast du meine neuen Sneakers gesehen, Tante Melanie? Super-cool. Der Verkäufer hat gesagt, man geht damit wie auf Wolken."

„Tatsächlich?"

„Das weiß ich nicht. Bin noch nie auf einer Wolke gegangen."

„Ach so." Von Wolke sieben in den Keller, davon könnte sie ein Lied singen.

„Warum hast du keine Kinder, Tante Melanie?"

„Mein Mann wollte keine", entfuhr es ihr.

„Oh ..."

Im Rückspiegel sah sie Damians nachdenkliches Gesicht.

Er schwieg. Doch die Stille währte nur, bis sie in die Meisenburgstraße einbogen. „Vielleicht will er ja später welche."

Es sollte wohl tröstend klingen. Gereizt sagte Melanie: „Wohl kaum. Er ist tot."

„Warum ist er tot?"

„Ein Lastwagen hat ihn überfahren." *Das* sollte das Kind zum Schweigen bringen!

„War er platt?"

Nicht so platt wie ich, dachte Melanie bitter, als ich erfuhr, dass er keineswegs mit Freunden unterwegs gewesen war, sondern mit seiner Geliebten. Und dass er seiner Mutter gegenüber behauptet hatte, sie, Melanie, wolle keinesfalls Kinder.

„War er?"

„War er was?"

„Platt."

Sie nickte. „Schau mal, Pferde!" Das Ablenkungsmanöver gelang. Bis hinunter nach Kettwig erzählte Damian von irgendwelchen Tieren in Büchern oder Filmen. Als sie über die Ruhrbrücke fuhren, begeisterten ihn einige Kanus auf dem Fluss.

„Kannst du Kanu fahren, Tante Melanie?"

„Nein."

„Gibt es Ritter auf dem Schloss?"

„Einen Freiherrn, glaube ich."

„Och. Aber Taschendiebe?"

„Bestimmt." Das schien die richtige Taktik zu sein. Einfach allem zustimmen, und schon war er happy.

In Höhe der Auffahrt zu Schloss Landsberg staute sich auf der August-Thyssen-Straße der Verkehr in Fahrtrichtung Schloss Hugenpoet. Warm gekleidete und gut gelaunte Leute eilten den Straßenrand entlang. Alle mit dem Ziel Nikolausmarkt, befürchtete Melanie. Sie sah Parkplatzprobleme auf sich zukommen. Ein Shuttle-Bus mit der Aufschrift *Alter Bahnhof Kettwig – Nikolausmarkt Hugenpoet* kam ihr entgegen, wohl um an der S-Bahn-Station weitere Besucherinnen und Besucher aufzusammeln. Wäre es klüger gewesen, dort zu parken?

Die Auffahrt zum Schloss war mit Straßensperren geschlossen und wurde von einem jungen Mann mit Warnweste bewacht. Er beugte sich gerade zum Fahrerfenster des Daimlers mit Düsseldorfer Kennzeichen hinunter, der vor ihnen stand. Dann nickte er, öffnete die Sperre und winkte den Wagen durch. Melanie ließ ihr Fenster runter, folgte dem Daimler und rief dem Wachmann im Vorbeifahren zu: „Wir gehören dazu!"

Er lief ein paar Schritte hinterher, kehrte aber um, als er bemerkte, dass ein weiteres Auto die Bresche nutzen wollte.

„Ha!", murmelte Melanie befriedigt und rollte den abschüssigen Weg auf den linken der beiden kleinen Parkplätze zu.

Tante Melanie hatte gelogen. Damian staunte. Mit dem Daimler hatten sie doch gar nichts zu tun. „Warum hast du gelogen, Tante Melanie?", hatte er gefragt, und sie hatte etwas von einer Notlüge gesagt und dass sie sonst weit hätten marschieren müssen. Seine nächste Frage hatte er verschluckt, weil er einen Nikolaus sah, dann noch einen und wieder einen! Und das Schloss von der Seite! Und da war der Burggraben! So viele geschmückte Stände! Und wie gut es roch!

Ungeduldig wartete er, bis Tante Melanie an der kleinen Hütte ihren Eintritt bezahlt hatte. Er kam umsonst rein, weil er noch keine zwölf war. Gemeinsam gingen sie auf den Vorplatz, der an drei Seiten von alten Ställen umgeben war.

„Ui!", rief er, und noch einmal: „Ui!"

Ein kleines buntes Karussell drehte sich zu Musik. Er winkte den Kindern zu. Die winkten zurück. Schade, dass er sich nicht auf eins der Holzpferdchen setzen konnte. Ihm würde übel werden, und dann müsste er kotzen. Kotzen sagte man aber nicht.

Tante Melanie nahm eine lange Liste aus der ziemlich schäbigen Handtasche und runzelte die Stirn. Sie sah sich suchend um.

Damian zeigte auf den Würstchenstand mit offenem Feuer. „Darf ich da mal gucken?"

„Ja, ja, aber lauf nicht weiter weg, bleib hier an den Ställen. Ich muss ein paar Dinge kaufen."

Damian schaute eine Weile beim Würstchenrösten zu. Dann ging er weiter zu einem Bäcker, der viel und lustig redete und Stollenstückchen zum Probieren anbot. Daneben gab es Schokolade, die wie Gugelhupfe für Zwerge aussah. Eine Stalltür stand offen. Drinnen im Stall durften Kinder Lebkuchen mit Smarties und Liebesperlen verzieren.

„Komm doch rein", sagte die Frau mit der Schürze.

Er setzte sich neben ein kleines Mädchen auf die Bank. Mit Zuckerguss klebte er weiße Smarties zu einem Schneemann zusammen. Die Nase war rot, die Augen grün.

„Sehr schön hast du das gemacht", sagte die Frau. „Deinen Lebkuchen kannst du dir später abholen, wenn der Zuckerguss fest geworden ist."

Er fand Tante Melanie bei den Schoko-Gugelhupfen. Sie kaufte eine ganze Pralinenschachtel voll und nebenan zwei kleine Stollen.

„Willst du kein weiches Schaffell kaufen?", fragte er. „Guck mal, da drüben."

„Nein", sagte sie und wollte noch nicht einmal ihre Hand aufs wuschelige Fell legen. „Ich kaufe nur Sachen von der Liste meiner Schwiegermutter. Außer vielleicht eine dieser leckeren Marmeladen aus der Schlossküche, von denen alle so schwärmen. So, weiter geht's!"

„Willst du vorher meinen Schneemann sehen?"

„Schneemann? Aber es liegt doch gar kein – ich meine, klar, später vielleicht."

„Er hat grüne Augen."

„So, so. Sehr schön."


Gerade noch die Kurve gekriegt! Kein Schnee weit und breit, aber Kinder besaßen eben Fantasie. Auf Diskussionen über imaginäre Schneemänner wollte sie sich keinesfalls einlassen. Die Einkaufsliste war noch lang. Über die steinerne Brücke, die mit lodernden Fackeln geschmückt war, gelangten sie durch das Portal in den Innenhof.

„Ooooh!", machte Damian und deutete auf den von zwei Wappen gekrönten Eingang des Schlosshotels, zu dem eine weitere Brücke über den Schlossgraben führte.

„Ist das Wasser kalt?", wollte er wissen. „Kann man im Sommer darin schwimmen? Ich glaube, ich muss mal, Tante Melanie."

Sie unterdrückte einen Seufzer und ging mit ihm ins Hotel. Der freundliche Herr am Empfang wies ihnen den Weg, vorbei an der Treppe aus schwarzem Marmor.

„Soll ich auf dich warten, Damian?"

„Nein, danke." Ehrfurchtsvoll starrte er das Modellsegelschiff an, das in einem kleinen Vestibül auf einer reich geschnitzten Truhe stand.

„Na gut, Damian. Lass dir ruhig Zeit. Du findest mich dann im Schlosshof, okay?"

Er nickte. Sie eilte hinaus. Die Hütte mit den Trüffelspezialitäten hatte sie schon beim Betreten des Innenhofs erspäht. Sie ließ sich überreden, krosse Weißbrotstückchen mit Trüffelbutter zu kosten. Vorzüglich war die. Sie wurde schwach und kaufte neben den fünf Gläsern auf der Schwiegermutterliste auch noch eines für sich.

Mit dem Nahen der blauen Stunde kamen immer mehr Menschen, doch die Stimmung war gut, und unangenehm eng war es nicht. Vor den beiden Hütten mit Produkten aus der Schlossküche hatten sich

Schlangen gebildet. Melanie stellte sich an und behielt den Hoteleingang im Auge.

Während sie wartete, versuchte sie sich auszumalen, wie es wäre, wenn sie nicht wüsste, dass ihr kleiner Begleiter gleich käme. Dass sie ohne ihn hier wäre. Alleine. Leichter Panikanflug. Sie schob den Gedanken weg und lenkte sich damit ab, die Gläser mit Chutneys, Soßen und Konfitüren zu betrachten, bis sie an der Reihe war. Sie ratterte die gewünschten Sorten und die Anzahl der Gläser herunter, von Omas Pflaumenmus bis zum extragroßen Glas Pomeranzenmarmelade. Sie ließ die zwei schweren Papiertaschen zurück und sagte dem Hotelportier Bescheid, er möge den Jungen kurz bei sich behalten, wenn der endlich von der Toilette zurückkäme. Dann holte sie die Einkaufstaschen vom Stand, brachte sie zum Auto und war wieder zum Shoppen bereit.

Damian hatte sich inzwischen bestens mit dem Portier unterhalten, wie es schien, und verabschiedete sich per Handschlag.

„Hast du gesehen, Tante Melanie, dass auf seiner Krawattennadel eine Kröte ist? Weil Hugenpoet in alter Sprache *Kröte in der Pfütze* bedeutet, sagt er. Weißt du, dass ich Damian heiße, weil die Stadtpatrone von Essen Damian und Cosmas heißen? Sie kommen aus Syrien. In der Schule haben wir auch Kinder aus Syrien. Ich sitze neben Nihad."

„Aha."

„Vielleicht hat der Froschkönig hier früher gewohnt! Aber dann müsste das Märchen eigentlich Kröten-könig heißen, oder?"

Melanie nickte und ließ sein Geplapper über sich ergehen. Sie schlenderten in den Schlosspark, wo weitere Verkaufsstände auf sie warteten. Die mit Lichtern geschmückte Rückseite des Schlosses spiegelte sich im Wassergraben. In der zunehmenden Dämmerung bekam die Atmosphäre tatsächlich etwas Märchenhaftes.

Sie löste ihren Getränkegutschein gegen einen Becher heiße Schokolade mit Sahne für Damian ein.

Er tauchte seinen Mund in die Sahnehaube und verkündete: „Jetzt habe ich auch einen weißen Bart. Wie die Nikoläuse hier. Wusstest du, dass Nikoläuse fliegen können?"

„Nein, das ist mir neu."

Er hielt den Becher mit beiden Händen und trank einen tiefen Schluck. „Ich habe vorhin einen fliegen sehen."

„Oh, wirklich. Schön."

„Ich bin die Treppen hochgelaufen, weil ich die Ritterrüstung gesucht hab. Aber der Portier hat erzählt, es gibt keine, weil das keine Ritterburg war. Das Segelschiff fand ich aber auch ganz schön. Und oben, da hat ein Junge Billard gespielt. Mit seinem Vater, glaube ich. Und vor dem Raum stand ein riesiger goldener Stuhl. Wie ein Thron." Damian trank langsam an seiner heißen Schokolade.

Sie hielt die Liste ins Licht einer Laterne. Noch drei Wollschals einer bestimmten Manufaktur und ein Dutzend mundgeblasene Christbaumkugeln. Ja, die gab es in dem einladend leuchtenden Zelt dort drüben.

„Und von da oben habe ich durch die Scheibe geguckt, direkt in das Zelt am Geländer. Es ist hinten offen. Zwei Nikoläuse waren dadrin. Sie haben sich gezankt, glaube ich."

„Bist du fertig, Damian? Dann gib den Becher wieder ab. Du bekommst Pfand zurück."

„Ja, gleich. Ob Nikoläuse schwimmen können?" Er starrte auf den Wassergraben.

„Tja …"

„Ich glaube nicht. Aber vielleicht können sie ja tauchen. Wie der Froschkönig?" Er sah sie mit seinen blauen Augen eindringlich an. „Tauchen?"

Sie nickte. „Klar."

„Darf ich Pommes haben? Die macht der Schlosskoch in der Schlossküche, hat mir der Portier gesagt."

„Sicher. Brauchst du Geld?"

„Nein, habe ich." Er reckte sich zur Theke des Verkaufswagens hoch und gab seine Bestellung für Pommes rot-weiß ab.

Als sie aus der Weihnachtskugelhütte kam, saß Damian auf einer Bank und aß seine Pommes mit den Fingern. „Willst du mal probieren?"

„Nein, danke."

„Tante Melanie? Gibt es auch böse Nikoläuse?"

„Nein."

Er tauchte eine Pommes ins Ketchup und meinte: „Ich glaube aber, die gibt's!"

„Ach wo", begann Melanie. Dann durchzuckte sie ein Gedanke. Sie sah umher. Entdeckte in der Nähe des Standes, der Weine, Champagner und Edelbrände anpries, einen der zahlreichen Hugenpoet-Nikoläuse mit Rauschebart. „Äh, Damian ... ist ... ist dir vorhin vielleicht ein Nikolaus zu ... ähm ... zu nahe getreten? Als du zur Toilette warst?"

„Nö." Damian mümmelte in aller Ruhe auf dem vorletzten Stück Pommes herum.

Melanie stieß die angehaltene Luft aus. Puh! Schreck in der Abendstunde! Das hätte ihr noch gefehlt! Besser, sie würde den Jungen nicht mehr aus den Augen lassen.

„Kasperletheater ...", sagte er nun und klang beinahe verträumt. „Hast du mal gesehen, wenn der Kasperle den Seppel verhaut? Ihm mit dem Stock auf den Kopf schlägt, so von hinten drüber?"

„Kann mich nicht erinnern, Damian. Komm, gehen wir weiter. Ich muss noch ein paar Schals kaufen, dann sind wir durch."

„Okay." Er warf die Pappschale in einen Abfalleimer.

Ein schriller Schrei durchschnitt die Abendluft. Alle Köpfe wandten sich zum Schloss. Rufe ertönten. Unruhe verbreitete sich. Menschen eilten Richtung Brücke, trieben andere vor sich her, verstopften den schmalen Weg, der aus dem Park führte.

Instinktiv hielt Melanie Damian bei sich und blieb zurück.

„Ein Unfall", rief jemand. „Gibt es hier einen Arzt?"

„Lassen Sie mich durch!" Eine Frau drängte sich durch die Menge. „Ich bin Ärztin."

Damian machte große Augen. Ende des Weihnachtseinkaufs, dachte Melanie. Auf die Schals muss Schwiegermutter dann eben verzichten.

„Ich glaube, wir fahren jetzt lieber nach Hause", sagte Tante Melanie.

Er nickte. Ein Unfall. Die Ärztin würde helfen. Ein bisschen neugierig war er schon. Was würde sie tun? Aber lieber würde er jetzt weggehen. Zu Mami. Ihm wurde etwas übel. Ganz ohne Karussell. Ob er zu viele Pommes gegessen hatte?

Es dauerte eine Weile, bis sie über den knirschenden Kies die Brücke erreichten. So viele Leute! Dicht an dicht. Aber Tante Melanie hatte ihn an den Schultern gefasst und schob ihn vor sich her. Niemand konnte ihn umrennen.

In der Ferne war ein Tatü-Tata zu hören. Es kam immer näher. Es kam zum Schloss.

„Oh-oh", sagte Tante Melanie. Es ging nicht mehr weiter.

„Sie lassen uns nicht raus!", rief ein Mann.

„Unverschämt", sagte eine Frau. „Ich will meinen Eintritt zurück."

„Polizei", verkündete ein langer Mann, der über alle hinweg gucken konnte. „Mehrere Einsatzwagen."

„Vielleicht drehen sie einen Film. Einen *Tatort*?"

„Wenn ich hier zum Komparsen gemacht werde, will ich aber ein bisschen Gage sehen."

„*Tatort*?", wiederholte jemand.

„Kein Grund zur Beunruhigung!", rief weiter hinten jemand. „Hier wird ein *Tatort* gedreht."

„Idioten", murmelte Tante Melanie. „Ich fürchte, wir brauchen noch etwas Geduld, Damian."

Er nickte. Er sah die Stalltür, hinter der er den Lebkuchen dekoriert hatte. Der Zuckerguss müsste inzwischen doch fest geworden sein.

„Tante Melanie? Kann ich den Schneemann abholen?"

„Welchen Schneemann, um Himmels willen?"

„Na, den Schneemann, den ich vorhin gemacht habe. Der mit den grünen Augen. Ich will ihn Mami mitbringen."

Sie guckte ihn an, als würde er Chinesisch sprechen.

„Mein Schnee-Mann!", sagte er laut und deutlich.

Sie verdrehte die Augen und schnaufte beinahe wie ein Pferd. „Der würde im Auto doch schmelzen, Damian."

„Würde er überhaupt nicht."

„Schluss jetzt!"

Er stampfte mit dem Fuß auf und kniff die Lippen zusammen. Weinen würde er nicht. Höchstens später. Zu Hause. „Oh!"Ein Klacks Ketchup war vorhin auf seinem rechten Schuh gelandet. Ob das wieder rausging? Sonst wäre der Schuh ruiniert. Von ganz alleine verzogen sich seine Lippen. Tränen traten in seine Augen.

„Damian, was ist denn los?"

„Mein Schuh-hu-hu!" Er streckte den Fuß vor. „Mein schöner Schuh!"

„Oh je!"

Melanie starrte auf den roten Fleck. Was zog seine Mutter ihm auch solche Luxus-Latschen an! Es sah aus wie Blut. Ruckedigu ... Sie schüttelte sich.

In dem Pulk gab es einen kleinen Ruck vorwärts. „Sie lassen uns raus", sagte eine Dame im Pelz.

„Höchste Zeit auch", meinte ihr Begleiter.

Trotzdem ging es nur äußerst langsam voran. Der Grund dafür war, dass ein Polizist und eine Polizistin die Personalien der Besucher und Besucherinnen aufnahmen und jede einzelne Person fragten, ob sie etwas zum Unfall aussagen könne; jede noch so kleine Beobachtung sei wichtig. Der Ertrunkene im Nikolauskostüm sei am östlichen Ende des Wassergrabens gefunden worden. Ja, wohl ein Unfall, aber vielleicht auch mehr. Melanie hatte ihre Hände nicht schnell genug über Damians Ohren gelegt.

„Tot?", fragte er und schaute zu ihr auf. Sein Gesicht rötete sich.

Sie gab dem Polizisten ihre Namen und beide Adressen an.

Damian zupfte den Uniformierten am Ärmel. „Hat der Nikolaus eine Beule auf dem Kopf?"

„Sei nicht so blutrünstig, Junge."

„Wie beim Kasperlespiel. Ich hab's gesehen!", rief Damian. Er hob den Arm und mimte zuschlagen. Der Polizist guckte Melanie genervt an. Sie nahm Damian bei der Hand und zog ihn Richtung Parkplatz. Er machte sich los, rannte zurück und stellte sich breitbeinig vor dem Polizisten auf. „Schreiben Sie diese Sneakers auf", rief der Kleine und deutete auf seine Füße. „Ich bin ein Zeuge."

„Ist das Blut?", fragte der Polizist mit erwachtem Interesse.

„Nein, das ist doch Ketchup."

„Okay, ich schreib's auf. Ketchup auf dem Schuh. Zufrieden?"

„Nein!", schrie Damian. „Der hatte auch solche Sneakers, aber da war doch kein Ketchup drauf!" Ein paar Leute lachten. Damian sah wild um sich.

„Damian, komm schon!", sagte Melanie streng.

Der Junge starrte auf einen Mann in Jeans und Lederjacke, der seine Personalien der Polizistin mitteilte.

Damian flüsterte dem Polizisten zu: „Er hatte auch ein Nikolauskostüm an, aber solche Schuhe." Er deutete auf die Füße des Mannes.

„Wer?"

„Na, der Mann, der dem anderen Nikolaus über die Birne gehauen hat. Auf den Kopf geschlagen, meine ich." Damian war wieder lauter geworden.

Der Mann fuhr herum und rannte los.

„Festhalten!", rief der Polizist und setzte zur Verfolgung an. Die Polizistin sprintete ebenfalls los, kam in der Menschenmenge jedoch nicht schnell genug vorwärts. Der Mann schwang sich auf ein Motorrad mit schlammverspritztem Nummernschild und raste Richtung Straße. Menschen sprangen zur Seite. Eine Frau rollte den kleinen Abhang zum Parkplatz hinunter. Die Polizistin und zwei Polizisten bestiegen einen Streifenwagen und nahmen unter Sirenengeheul die Verfolgung des Motorradfahrers auf.

„Boah ey", murmelte Damian.

Melanie nickte stumm.


Damian saß auf dem Bett und befingerte die Krötennadel an seinem Hemdkragen. Immerzu würde er die jetzt tragen. Außer nachts im Bett. Dann würde er sie auf den Nachttisch legen, wo er sie gleich sehen könnte, wenn er die Augen auf- und das Licht anmachte. Er ging in den Flur und stellte sich vor den hohen Spiegel. Cool. Nun war er ein Ritter. Das ging nämlich auch ohne Rüstung, hatte ihm der Mann erklärt, dem das Schloss gehörte und der ein Freiherr war.

Das Telefon klingelte. Mami nahm im Arbeitszimmer ab. Damian rannte zum anderen Telefon ins

Wohnzimmer. Vorsichtig hob er den Hörer ab und hielt ihn ans Ohr. Vielleicht war es wieder die Polizei! Ach nein, bloß Tante Melanie. Die klang ganz aufgeregt.

„… gedacht, ich werd nicht mehr, als ich das vorhin in der WAZ las. Hast du den Artikel gesehen?"

„Nein, wir haben die –"

*„Der Aufmerksamkeit eines kleinen Jungen ist es zu verdanken, dass der Mörder des Schauspielers Hendrik O. gefasst wurde.* Du kannst wirklich stolz sein auf deinen Damian."

Damian nickte.

„Sicher, Melanie. Obwohl –"

„Einen Kollegen umbringen! Nur weil der in die enge Wahl für eine große Rolle gekommen war. Für den neuen Dortmund-Tatort, weißt du? *Er wollte den Konkurrenten aus dem Weg räumen, um sich die Rolle zu sichern, vor der er sich den Durchbruch erhoffte,* steht da. Ich hätte nicht gedacht, dass in den Nikolauskostümen arbeitslose Schauspieler stecken."

Das waren alles Schauspieler gewesen? Damian zog einen Flunsch. Na, vielleicht einer nicht.

„Er hat sich offenbar in den Umkleideraum mit den Kostümen geschlichen, und in Verkleidung konnte er sich unbemerkt dem Kollegen nähern, der im Nikolauszelt eine Zigarettenpause machte. Er hat ihn niedergeschlagen und in den Schlossgraben geworfen. Zum Glück hat Damian auf seiner Suche nach einer Ritterrüstung aus dem Fenster gesehen –"

„Und zum Glück hat er nicht ganz verstanden, was er gesehen hat, Melanie! Die Polizei war sehr behutsam mit ihm. Und er freut sich wie Oskar über die Krawattennadel vom Freiherrn und noch mehr darüber, dass er sich nun Ritter von Hugenpoet nennen darf."

Damian grinste. Er war verhört worden. Als Zeuge. Wie im Fernsehen. Keiner aus seiner Klasse war schon mal verhört worden. Und keiner war ein Ritter.

Leise legte Damian den Hörer auf.

 *30*

# EIN FREUND-
# SCHAFTSDIENST

*M*elanie ließ die im Zeitungsstock klemmende WAZ sinken. Hochinteressant, der Bericht über den Opferschutzhund der Essener Polizei. Peng war jetzt sogar festes Teammitglied. Toll. Ob die kleine Hündin nach dem Pistolengeräusch Peng genannt worden war, oder ob sie einen chinesischen Name trug, weil unter anderem Pekinesenblut in ihren Adern floss, ließ der Artikel leider offen.

Melanie winkte der Bedienung. „Noch einen Chai-Latte, bitte."

„Kommt sofort. Auch einen Hundekeks für den kleinen Süßen?"

„Gerne! Sehr aufmerksam." Melanie sah hinunter zu Barnaby. Dass ihr Psychotherapeut nicht eher auf die Idee gekommen war, sie solle es mit einem vierbeinigen Begleiter versuchen! Im Albert-Schweitzer-Tierheim hatte man sofort erfasst, was für einen Hund sie suchte. „Verstehe", hatte die nette Frau am Empfang gesagt. „Ein Anfängerhund. Gern etwas älter, gesetzt und restaurant-kompatibel. Wir haben da einen ganz lieben ruhigen, der schon viel zu lange hier ist. Der könnte infrage kommen. Sein Herrchen ist gestorben. Ein richtiger Gentleman. Der Hund, meine ich. Das Herrchen kannte ich ja nicht."

Als Melanie in die traurigen Augen des kurzbeinigen Mischlings geblickt hatte, war sie fast sofort überzeugt gewesen, dass er der Richtige für sie war. Und als er dann sogar Barnaby hieß … Ein Wink des Schicksals, anders konnte man es doch nicht nennen. Trotzdem hatte sie nicht übereilt gehandelt. Hatte ihn erst getestet. Und sich selbst noch mehr. In zwei Restaurants und drei Cafés. Alle an einem Tag.

In seiner Begleitung verlor die Phobie die Macht über sie. Diese Befreiung! Noch vor einem Jahr hatte sie sich den kleinen Damian für den Besuch auf dem Hugenpoeter Nikolausmarkt ausleihen müssen, weil sie ohne Begleitung nicht mehr zu solchen Veranstaltungen gehen konnte. Auch nicht in Cafés. Allein unter vielen Leuten – unmöglich. Aber nun war das vorbei.

Das Café Livres hier im Isenbergviertel mochten sie beide am liebsten. Seit Beginn der Adventszeit war es mit Lichterketten dezent weihnachtlich geschmückt. Auf den Tischen standen aus alten Buchseiten geformte Weihnachtsbäumchen – wahre Kunstwerke. Beinahe jeden Tag legte sie hier mit Barnaby nach dem Rundgang durch den Park am Moltkeplatz eine Pause ein. „Na, Barnaby, uns geht's gut, nicht?" Der kleine Hund sah zu ihr auf.

„Gibt es noch Karten für die Lesung nachher?", hörte sie einen Hipster-Typ die Bedienung fragen.

„Ja, sie haben Glück. Ist nämlich fast ausverkauft."

„Ausgezeichnet." Er bestellte den heißen gewürz-

ten Apfelsaft Wilhelm Tell, setzte sich an einen Nebentisch und erblickte unter Melanies Cocktailsessel Barnaby. „Na du? Auch ein Krimi-Fan?"

Und wie so oft seit Barnaby sie begleitete, wechselte Melanie mit einem Fremden ein paar Worte. Smalltalk nur, gewiss, aber ohne Hund wäre ihr das nie gelungen. „Er heißt Barnaby."

„Nach dem Inspektor?"

„Das vermute ich. Ich bin ein großer Fan der Serie, doch so hieß er schon, als ich ihn dem Tierheim zu mir holte."

Durch die Tür kam wieder ein Schwall kalter Luft. Roch es nach Schnee?

Nach und nach verließen die regulären Gäste das Café, gaben sich mit eintretenden Krimi-Fans die Klinke in die Hand.

Melanie sah auf das blutrote Plakat neben dem Eingang.

# Dies ist ein Überfall!

## – Szenische Lesung –

*Weihnachtliche Kurzkrimis aus'm Pott*
Von und mit dem Krimi-Überfallkommando

35

Auf dem Foto hielten die drei Lesenden — zwei Autoren und eine Autorin — Pistolen in die Höhe und lächelten diabolisch. Eine der Waffen war deutlich aus Papier, was natürlich stimmig war. Unter einer szenischen Lesung konnte Melanie sich nichts Rechtes vorstellen; etwas Theatralisches, vermutete sie. Lebendiger als eine normale Lesung vielleicht.

Drei Kellnerinnen verteilten Schalen mit Weihnachtsgebäck auf den Tischen. Wie bei einem Bilderrätsel hätte man anhand der Plätzchen das Thema des Abends erraten können. Es gab Tannenbaum-, Förderturm- und Pistolenplätzchen. Damit war doch alles gesagt. Melanie konnte nicht widerstehen und schob sich einen Förderturm in den Mund. Lecker.

Das Deckenlicht wurde leicht abgedunkelt. Jemand testete die Scheinwerfer, die sich auf die improvisierte Bühne vor dem hohen Bücherregal richteten. Melanie schaute auf die Wanduhr. „Noch ein halbes Stündchen, Barnaby."

Verjazzte Weihnachtsmusik rieselte herab. „Kling Glöckchen, klingelingeling", klang es vom Nachbartisch, wo vier Frauen in Melanies Alter Platz genommen hatten, um hier einen Mädelsabend zu verleben, wie sie verkündet hatten. Sie führten ihre selbstgestrickten Weihnachtspullover zum ersten Mal aus und konnten sich nicht einigen, welchem der Preis für den kitschigsten gebührte. Sie wandten sich an Melanie.

„Der mit den blinkenden Lämpchen", entschied sie ohne Zögern.

„Ha!", rief die Siegerin. „Danke! Können Sie uns auch noch darüber aufklären, was man sich unter einer szenischen Lesung vorzustellen hat?"

Melanie zuckte die Schultern. „Habe ich mich selbst schon gefragt. Möglicherweise lesen sie nicht nur vor, sondern spielen außerdem ein paar Szenen aus ihren Krimis?"

„Lassen wir uns überraschen, Mädels", rief die mit dem aufgestickten Schneemann aufgekratzt und hustete. Sie nahm eine Bonbontüte aus der Handtasche und steckte sich eins in den Mund. „Sorry, ist das Letzte, Mädels." Sie knüllte die Tüte zusammen und warf sie mit Schwung in Richtung des Papierkorbs. Voll daneben. „Mist!"

Barnaby wuffte leise und sah Melanie geradezu flehend an. Die Frau wollte aufstehen. Melanie bremste sie mit einem Handzeichen und deutete mit dem Kopf auf Barnaby. Sie nickte. „Hol's Papier!" Schwanzwedelnd lief er auf die Tüte zu, nahm sie behutsam zwischen die Zähne und brachte sie der Frau zurück.

„Na, so was", rief die. „Wie praktisch! Haben Sie ihm das beigebracht?"

Lächelnd schüttelte Melanie den Kopf. „Das muss der Vorbesitzer gewesen sein, ein alter Herr. Ich stelle mir vor, dass er sich nicht mehr gut bücken konnte und Barnaby zum Apportieren erzogen hat."

„Als so eine Art Assistenzhund?"

„Ja, vielleicht." Für mich ist er es ebenfalls, wenn auch auf andere Weise, dachte Melanie. Sie streichelte Barnaby über den Kopf und kraulte sein Knickohr „„Anfangs war ich von Barnabys Können so entzückt, dass ich ihn jedes Mal mit einem Möhrchen belohnt habe. Von denen kann er nicht genug kriegen. Nach einer Weile merkte ich, dass er anfing, den Papierkorb zu räubern. Er legte mir die Beute vor die Füße und guckte unschuldig, total süß. Dann ging er dazu über, die Papierknubbel zu zerlegen und mir einzelne Stücke zu bringen, um mehr Leckerlis zu ergattern."

Die Frauen lachten. „Ganz schön clever."

„Ja, er ist ein Kluger. Aber seitdem üben wir, dass er nur auf Befehl apportiert. Einmal habe –"

„Pst, Mädels! Ich glaube, es geht los! Schaut!"

Melanie spürte den kalten Hauch und wandte sich um. In der Tür standen zwei mit Weihnachtsmann-Masken und roten Nikolausmützen verkleidete Männer.

„Dies ist ein Überfall!", raunzte der Größere. Der andere nickte, schniefte und schwenkte eine schwarze Pistole.

Im Café machte sich freudige Erregung breit. Stühle wurden herumgerückt, um einen besseren Blick auf den Eingang zu gewähren. Die Musik wechselte. Bing Crosby säuselte vom Weihnachtsmann, der in die Stadt kommt. Wie auf Knopfdruck begann es sacht zu schneien.

Melanie nahm ein Pistolenplätzchen aus der Schale und biss den Lauf ab.

„Also, wie gesagt, Leute: Dies is'n Überfall", wiederholte der Weihnachtsmann und trat ins Café. „Geld her! Eure Pottmonees. Aber dalli!."

„Und keine Sperenzkes", tönte der mit der Pistole. Er blieb am Eingang stehen und hielt alle in Schach.

Melanie grinste, während sie ihr Portemonnaie aus der Handtasche nahm und in den Jutesack warf, den sein Kollege ihr hinhielt.

„Uhhh …", rief eine Frau und erschauderte voller Behagen. Auch sie ließ ihre Börse in den Beutesack gleiten. Alle machten gut gelaunt mit. Nur ein Mann weigerte sich, murmelte „So ein Quatsch!" und griff erst nach dem gezischten „Nun sei doch kein Spielverderber, Christian!" seiner Begleiterin in die Gesäßtasche.

„Jau, Mann, mach schon!", stieß der an der Tür stehende Weihnachtsmann hervor und nieste heftig.

Es hat ihn ganz ordentlich erwischt, dachte Melanie, aber wie heißt es im Showgeschäft so treffend? The Show must go on!

Sein Kollege war mit dem Einsammeln durch. „Gut gemacht, Leute! Man dankt!" An der Tür verbeugte er sich. „'n schönen Abend noch!"

Applaus brauste auf. Der Erkältete nieste erneut, zog ein Taschentuch aus der Jackentasche und schnäuzte sich.

*39*

Von ihm unbemerkt war mit dem Taschentuch ein zusammengefaltetes Blatt aus der Tasche gerutscht und zu Boden gefallen.

Melanie wollte rufen, hob die Hand und ließ sie wieder sinken. Er würde es ihr sicher nicht danken, wenn sie ihm den Abgang verdarb. Besser sie würde es ihm vor Beginn der Lesung unauffällig zuspielen, für den Fall, dass es sein Spickzettel war.

„Barnaby!", raunte sie. „Hol's Papier!"

Barnaby setzte sich auf und schaute sie mit schräg gelegtem Kopf an.

Sie deutete in Richtung Tür. Munter trabte er los, schlängelte sich vorbei an Tisch-, Stuhl- und Menschenbeinen.

Der schnupfige Weihnachtsmann stopfte das Taschentuch zurück. Der andere zog einen länglichen Gegenstand aus der Manteltasche und warf ihn in hoch die Luft. Melanie legte den Kopf in den Nacken. Gut fünf Meter über ihnen, nah an der Decke, puffte sich eine rosafarbene Wolke auf.

„Aaaah …" und „Oooohhh …", hauchte es aus dem Publikum. Barnaby stupste Melanie ans Bein und legte seine Beute ab.

„Brav, Barnaby", murmelte sie und beobachtet fasziniert, wie die Wolke herabsank. Sekundenlang vernebelte sie die Sicht, dann krochen blasse Schwaden über den Boden und lösten sich in Luft auf. Barnaby nieste.

Statt zweier Weihnachtsmänner standen nun drei Gestalten in der Tür, zwei Männer und eine Frau in Wintermänteln. Melanie erkannte die drei vom Plakat.

Die Autorin lüpfte ihren von Puderschnee bestäubten Samthut und schüttelte ihn aus. Der bebrillte Autor sagte ganz undramatisch: „Guten Abend."

„Guten Abend!", klang es vielfach zurück.

Der zweite Autor, schwarzhaarig, lächelte charmant und schnarrte: „Dies ist ein Überfall."

„Wie, noch einer?", rief jemand und lachte.

„Noch einer? Wieso?", fragte der erste Autor, während er einen handgestrickten Ringelschal vom Hals wickelte.

„Kriegen wir jetzt unser Geld zurück?", tönte der Christian von vorhin. Seine Begleiterin verdrehte die Augen und knuffte ihn mit dem Ellenbogen in die Seite.

„Ihr Geld zurück?" Der Autor hob die Augenbrauen. „Wollen Sie nicht erst einmal abwarten, ob Ihnen unsere Show gefällt, ehe Sie Ihr Geld zurückfordern?" Sein Kollege grinste zustimmend.

Ein Mann rief: „Aber ist der Sack auch sicher aufgehoben? Wo haben ihn gelassen?"

„Wie meinen?", fragte der schwarzhaarige Krimiautor im Stil eines erstaunten Butlers.

Keiner der beiden Schriftsteller macht einen erkälteten Einruck, fiel Melanie auf.

„Unser Geld!", brüllte der Mann genervt. „Wo ist es? Ist ja wohl eine legitime Frage."

„Unterbrechen Sie bitte nicht", schaltete sich die Autorin ein. „Am heutigen Abend führen wir Regie!"

Sie übergaben ihre Mäntel einer Kellnerin. Melanie war nicht die Einzige, die mit anhörte, wie die fragte: „Dann war das gerade der Prolog oder eine Art Vorspiel? Das mit dem Überfall? Ein Teil der Dramaturgie?"

Die Autorin klang irritiert. „Wovon reden Sie?"

Nicht nur Melanie dämmerte Düsteres.

Eine Kellnerin rief: „Das war'n Überfall? Echt? Scheiße! Los, hinterher! Vielleicht erwischen wir sie noch!" Drei Kellnerinnen und ein Gast rannten hinaus und verschwanden in den Abend.

Tohuwabohu brach aus. Ungläubiges Auflachen, rückende Stühle, Rufe nach der Geschäftsführerin, nach Schnaps, der Polizei. Handys wurden gezückt, drei Zahlen eingetippt.

Melanie knabberte die Weihnachtsplätzchenschale leer und überschlug ihren Verlust. Etwa fünfzig Euro. Vielleicht gäbe es das Geld für die Eintrittskarte ja zurück.

„Ja, ein Überfall!", schrie eine Frau in ihr Smartphone. „Zwei Weihnachtsmänner! Wenn ich es Ihnen doch sage! Schwer bewaffnet!"

Nicht lange, und drei Streifenwagen fuhren vor. Es dauerte eine Weile, bis die Einsatzkräfte Ruhe hergestellt hatten.

Melanie schwirrte der Kopf.

„Na ja", hörte sie eine Mittzwanzigerin in angesagtem Winterrosa zu dem Polizisten sagen, der sie befragte. „Wir dachten doch, es wäre Teil der Vorstellung." Sie deutete auf das Plakat.

„Außerdem", warf ihr Tischnachbar ein, „war das ganz klar eine Spielzeugpistole. Wir haben die gleiche in der Laienspielgruppe. Hab ich sofort erkannt."

Sein Date starrte ihn an. „Du bist in einer Laienspielgruppe? Das stand aber nicht in deinem Profil."

Ein Polizist rief: „Hat jemand vielleicht Fotos gemacht?"

„Nur von der Tisch-Deko", sagte eine Frau, „und vom Bücherregal. Wegen der –"

„... EU-Datenschutz-Grundverordnung, ich weiß." Er klang resigniert.

Eine der Polizistinnen trat an den Mädelstisch. Melanie zupfte sie am Ärmel und behauptete, Barnaby müsse dringend ein Beinchen heben. Die Finte erwies sich als erfolgreich. Als eine der Ersten durften sie das Café verlassen.

Der Gedanke, dass sie einen echten Überfall miterlebt hatte, ließ mit einem Mal ihre Nerven flattern. Ans Steuer hätte sie sich jetzt nicht setzen mögen. „Gut, dass wir in der Nähe wohnen, Barnaby."

Beim Optiker an der Ecke schwebten in den Schaufenstern Pappmaché-Engel, die extravagante Brillen trugen. „Dies ist ein Überfall ... ein Überfall ...", schienen sie zu wispern. Melanie erschauerte.

43

Um runterzukommen, drehte sie mit Barnaby auf dem Isenbergplatz ein paar Extra-Runden. Um Äste geschlungene Lichterketten verbreiteten mildes Licht. Hinter vielen Wohnungsfenstern leuchteten Herrnhuter Sterne. Aus Schornsteinen stieg Holzrauch und würzte die Abendluft.

Im Wintergarten des Click schmückten Amaryllis-Gestecke die voll besetzten Tische des Cafés.

Alles wirkte friedlich und fröhlich. Dicke Flocken fielen. Immer dichter. Frau Holle schüttelte die Betten aus. Barnaby schnupperte an einem Baumstamm, hob ein Bein, färbte den Schnee gelb. Vorbei am Denkmal von Günni Semmler und seinem Akkordeon. Jemand hatte ihm ein Lebkuchenherz umgehängt. Glück auf, Günni! Unvergessen!, stand darauf in weißem Zuckerguss geschrieben. Melanie war dem lange obdachlosen Kneipenspieler nie begegnet. Durch ein legendäres Benefizkonzert in der Ampütte hatten Stoppok und andere Musiker 2004 verhindert, dass das Essener Original ein Armenbegräbnis bekam. Jeder im Viertel wusste das.

Vor der Gold-Bar stand eine frierende Raucherin in einem Jumpsuit aus Goldlamé. „Hallöchen, wissen Sie, was da vorhin los war? All die Martinshörner?"

„Das Café Livres ist überfallen worden."

„Das gibt's ja nicht!"

„Doch." Melanie nickte. „Kurz bevor die Krimi-Lesung beginnen sollte."

„Hey! Da hab ich ja was verpasst! Wäre die Lesung nicht gerade freitags gewesen, wäre ich nämlich auch hingegangen."

„Sie haben nicht zufällig zwei Weihnachtsmänner gesehen?" Wäre das nicht was, wenn sie, Melanie, der Polizei eine Spur liefern könnte? Als aufmerksame Zeugin. Melanie, die Miss Marple vom Isenbergviertel. Obwohl ihr Miss Marple natürlich ein paar Jahrzehnte voraus war. Vielleicht wäre der Vergleich mit Miss Fisher zutreffender. Auch wenn Melanie weder glamourös noch sexy war. Reich auch nicht. Na ja. Aber wie die australische Detektivin hatte sie einen heimatlosen Hund aufgenommen; und wie Barnaby war die kleine Streunerin Molly aus dem Krimi schwarz-weiß.

„Sie wollen Weihnachtsmänner?" Die junge Frau deutete mit der Zigarette hinter sich. In die Bar.

Melanie öffnete die Tür und lugte in die wie immer gut besuchte Kneipe. Musik plärrte, Stimmen schallten. Der Kaminofen bullerte. Auf einer Seite des Raums stand ein Klübchen junger Männer zusammen, alle mit Weihnachtsmannmützen auf dem Kopf und einem Glas in der Hand.

„Junggesellenabschied", sagte die Goldlamierte. „Bedienen Sie sich. Aber Finger weg von dem mit dem 6-Tage-Bart. Den habe ich mir ausgeguckt."

„Ausgeguckt?"

„Na, für heute Nacht. Muss sein nach einer anstrengenden Woche an der Uni. Letzter Freitag war ein Reinfall, da bin ich allein nach Haus gegangen, aber meist wird man hier fündig."

„Aha. Verstehe. Hm … Und sind von denen da drinnen zwei erst kürzlich gekommen oder zwischendurch für eine Weile verschwunden?"

„Nee."

Melanie lag schon im Bett, als ihr der Zettel einfiel. Ein Indiz! Wie hatte sie das vergessen können?

Gefolgt von Barnaby lief sie auf nackten Füßen in den Flur. Sie zog ihre Nappalederhandschuhe an. Obwohl ihre Fingerabdrücke, zumindest die der Fingerspitzen, bereits drauf sein würden. Die des erkälteten Weihnachtsmanns hoffentlich ebenfalls. Handschuhe hatte er jedenfalls keine getragen. Melanie zog das Blatt aus der Handtasche und faltete es auseinander. Es war ein Pfandschein! Ein Willi-Walter Stachowiak — nein: sein Bevollmächtigter Peter Koslowski hatte vor sieben Wochen ein *Aral Fußball-Album WM 1966, komplett, 1a Zustand, zahlreiche Autogramme* verpfändet und hundertneunzig Euro in bar erhalten. Beider Namen und Adressen waren verzeichnet, doch nur eine Telefonnummer, die des Bevollmächtigten.

„Aha", murmelte Melanie. „Sie brauchten Geld. Haben es inzwischen ausgegeben. Brauchen jetzt wieder Geld. Oder Stachowiak will das Album auslösen, ehe es unter den Hammer kommt. Deshalb der Überfall, kombiniere ich. Was meinst du, Barnaby?"

Ein leises „Wuff" und zustimmendes Schwanzwedeln.

„Hm ... was nun?" Die Polizistin, die Melanies Personalien, ihre Beschreibung des Vorfalls und der Räuber aufgenommen hatte, hatte sie nachdrücklich aufgefordert, nicht zu zögern und umgehend anzurufen, sollte ihr noch ein Detail des Überfalls einfallen. Man könne nie wissen, ob es nicht ein Stückchen des Puzzles sei, das zur Erfassung der Täter führen werde.

Im Präsidium würden sie Augen machen, wenn Melanie ihnen sogar Namen und Adressen liefern würde! Sie nahm den Telefonhörer auf, ließ ihn wieder sinken. Etwas nagte an ihr ... der Name ... Willi-Walter Stachowiak ... kam ihr irgendwie bekannt vor ... doch woher? ... Niemand aus der Nachbarschaft ... kein Gesicht dazu ... nur ein Schriftzug ... aber wo gesehen?

Melanie schloss die Augen und riss sie wieder auf. Im Internet war's gewesen! Der Aufruf zum Crowdfunding! Sie hatte damals sogar gespendet, fünfundzwanzig Euro, weil ihr der Mann so leidtat. Sterbenskrank und mit dem letzten Wunsch: eine Beerdigung mit Bergmannskapelle und allem Brimborium auf dem Schalke Fan-Feld.

Melanie rannte ins Wohnzimmer und klappte den Laptop auf. Die Crowdfunding-Plattform *Tu Gutes im Pott* war schnell gefunden.

Hier: die Aktion für Willi-Walter Stachowiak. Peter Koslowski und Manfred Habraschke hatten den Spendenaufruf auf der Crowdfunding-Plattform eingestellt. Vorgestern der Nachtrag: „Leute, unser Kumpel liegt jetzt im Hospiz, hat bloß noch wenige Tage, bevor für ihn Schicht im Schacht ist. Spendet bitte noch was!"

Seitdem waren nur zweimal fünf Euro eingegangen. Sollten seine Freunde so weit gegangen sein, einen Überfall zu begehen, um dem Schalke-Fan den letzten Wunsch erfüllen zu können?

Melanie fühlte sich hin- und hergerissen.

Ach, was konnte sie verlieren? Ihre Telefonnummer war unterdrückt, ihren Namen würde sie nicht nennen. Sie wählte.

„Koslowski."

„Äh … guten Abend. Sie kennen mich nicht. Ich rufe an, weil … weil ich vorhin einen Pfandschein gefunden habe."

„Gott sei Dank! Manni! Eine Dame hat den Schein gefunden! Watt für'n Glück! Sie glauben ja nicht, wie—"

„Im Café Livres", sagte Melanie.

Betroffenes Schweigen. Im Hintergrund nieste jemand.

„Ihr Kollege hat ihn fallen lassen."

„Scheibenkleister! Manni, du hast den verdammten Schein im Café fallen lassen, du Hornochse. Jetzt sind wir dran!"

„Ähm ... darf ich fragen? Warum haben Sie ...? Ich meine, machen Sie so etwas öfter?"

„Öfter?" Koslowski war empört. „Nee, natürlich nicht! War das erste Mal. Und auch das letzte, wenn Sie's wissen wollen. Geht einem ja so was von an die Nieren, wenn man's nicht gewöhnt ist. Echt, nee! Aber wir saßen in der Bredouille. Wegen unserem Kumpel Willi. Tja ..."

Melanie hörte zu, stellte Fragen.

„Wir waren schon am Aufgeben, da komm ich gestern doch an dem Plakat vorbei! An der Litfaßsäule am Haus der Technik hing's. Ein Fingerzeig des Himmels, hab ich mir gedacht. Ein Haufen Leute, die auf einen gespielten Überfall warten. Bis die schnallen, dass es ein echter ist, sind wir wieder weg, hab ich mir gedacht. Dann kann der Willi in Ruhe sterben, und wir machen ihm 'ne schöne Beerdigung auf dem Schalke-Friedhof. Er hatte ja geglaubt, sein Fußball-Album wär ein kleines Vermögen wert. Stellte sich als Irrtum raus. Deshalb haben wir bei *Tu Gutes im Pott* für ihn gesammelt. Vier Hunnis fehlten uns noch. Mit'n bisschen Glück kriegen wir die im Café zusammen, hab ich gedacht. Und jetzt haben wir einen riesigen Überschuss an der Backe! Wer kann denn ahnen, dass die Leute dermaßen viel Knete mit sich rumtragen?"

Melanie überlegte. Vierhundert Euro verteilt auf über fünfzig Gäste ... „Herr Koslowski, wären Sie bereit, den Überschuss zurückzugeben?"

*49*

„Sie meinen ...? Na klar! Ey, Manni, wir sind gerettet! Junge Frau, Sie sind ein Engel! Ein richtiger Weihnachtsengel sind Sie!" Koslowski räusperte sich.

Melanie versprach, ihnen den Pfandschein auszuhändigen, sobald sie im Café Livres von der Rückgabe der Portemonnaies samt – fast – allen Geldes gehört hätte.

„Ist gebongt! Wird gleich morgen erledigt. Hand aufs Herz! Hach ...! Sagen Sie, wollen Sie nicht zur Beerdigung kommen? Wird noch vor Weihnachten stattfinden, so wie's aussieht. Wäre uns eine Ehre, wenn Sie dabei sein würden. Der Willi würde sich auch freuen, bestimmt."

„Oh! Tja ... Vielen Dank. Ich kann aber nur kommen, wenn ich meinen Hund mitbringen darf."

„Ach, kein Problem. Töffte. Also dann. Wir sehen uns."

# BLAUBART
# IM SCHNEE

„… let it snow", sang Bing Crosby unnachahmlich und zudem passend. Noch drei Wochen bis Weihnachten und es schneite. Dicke Flocken fielen, lautlos, unaufhörlich, seit dem späten Vormittag, und würden weiter fallen, wenn man dem Wetterbericht von Radio Essen Glauben schenken konnte.

Karo ließ die Tür zu ihrem Büro auf, um die Musik, die aus der Film-Bar herauf driftete, nicht auszuschließen. Etwas vorweihnachtliche Stimmung war auch in einem Detektivbüro angebracht, selbst wenn es klein war und etwas schäbig und einzig die Detektivin darin nicht aus den fünfziger Jahren stammte.

Karo setzte sich auf den Drehstuhl, legte die Füße auf den Schreibtisch und griff nach dem Glas.

„Mmmhhh …" Schon das Aroma … Aber erst der Geschmack … Sie konnte nicht widerstehen. Seit Beginn des Weihnachtsfilm-Festivals in der Lichtburg gab es in der Film-Bar winterliche Getränke, die sie alle durchprobiert hatte. Von Glühwein über Tee mit Rum und Kandis bis zu heißer Schokolade mit Schlagsahne. Alles ganz lecker. Aber seit dem ersten Schluck letzte Woche war Karo dem Eggnog verfallen.

„Einfach himmlisch, Schorschi", hatte sie geflüstert, und Giorgio hatte gestrahlt.

Nun nahm sie jeden Nachmittag, wenn sie auf dem Weg nach oben an der Film-Bar vorbeikam, ein Glas mit ins Büro. Teuer. Aber köstlich. Sie ließ es anschreiben.

Und irgendwie sah der Eggnog ganz gesund aus, war sicher gesund. Kaum mehr als ein heißer Eier-Milchshake mit Gewürzen, na ja, und Kognak. Der ihr zugegebenermaßen ein bisschen in die Beine ging. Und in den Kopf. Vielleicht sollte sie etwas essen.

Karo öffnete die oberste Schreibtischschublade und nahm einen Zimtstern heraus. Manche ihrer Putzkundinnen waren sehr backfreudig und in der Adventszeit fielen alle Hemmungen von ihnen ab. Haselnussbaisers, Spritzgebäck, Honigkuchen, Mandelspekulatius, Berliner Brot – in Karos Schreibtisch fehlte nichts. Sie bekam diese Köstlichkeiten nicht aus reiner weihnachtlicher Nächstenliebe, das war ihr klar. Es waren kleine Bestechungsversuche.

Wenn ihre Detektei weiterhin so gut lief wie in der letzten Zeit, würde sie ihre Putzkundenliste kürzen. Das verbreitete eine Unruhe, die sich positiv auf die Gebefreudigkeit ihrer Kundschaft auswirkte. Karo war schon auf die Geschenke und Geldumschläge gespannt, die man ihr in den nächsten Wochen überreichen würde. Sie ging davon aus, dass sie keine Schwierigkeiten haben würde, ihr Eggnog-Konto auszugleichen.

Doris Day sang „I'll be home for Christmas" und Karo schloss die Augen für ein Nickerchen, als das Telefon zweimal klingelte – Giorgios Signal, dass jemand auf dem Weg nach oben war, um Karola Rutkowsky, Privatdetektivin, zu konsultieren.

Karo riss ihre Augen auf, nahm die Beine vom Schreibtisch, knallte die Gebäckschublade zu und fegte die Krümel mit einer Handbewegung auf den Boden. Auf dem alten Linoleum fielen sie kaum auf. In Augenblicken wie diesen war sie froh darüber, dass ihr Büro nicht wie die meisten anderen in der Lichtburg mit Teppichboden ausgelegt war. Gegen das schöne alte Parkett in Bernies Büro hätte sie allerdings nichts einzuwenden gehabt.

Sie hatte gerade das Strafgesetzbuch vom Aktenschrank gefischt und aufgeschlagen auf den Schreibtisch gelegt, als es leise an die geöffnete Tür klopfte. Karo sah auf. Ihr „Herein" erstarb.

Im Türrahmen stand ein Rauschgoldengel. Tauende Schneeflocken glitzerten im blonden Haar und auf dem wadenlangen mitternachtsblauen Samtcape. Karo schüttelte den Kopf. Nicht nach nur einem Eggnog. Obwohl ein starker Kaffee jetzt nicht schlecht wäre.

„Äh – guten Tag", sagte Karo mit einem Versuch von Festigkeit in der Stimme. Ob der Engel zu dem Weihnachtsmann gehörte, der unten vor der Kindervorstellung Süßigkeiten und freche Sprüche verteilte? „Wenn Sie ins Kino wollen –"

*55*

„Wie? Nein. Entschuldigen Sie. Es ist hier nur genauso wie ich es mir vorgestellt habe. Oh, ist das der Sessel, in dem Romy Schneider gesessen hat? Darf ich?"

Sie ließ sich in dem apricotfarbenen Cocktailsessel nieder, den Karo aus der Film-Bar entführt hatte.

„Hm, klasse. Wann war sie hier? Zu einer Sissi-Premiere? Also, ich fand sie toll. *Die Spaziergängerin von Sans-Souci*, kennen Sie den? Er kam letzte Woche im Fernsehen — und ein richtiges Telefon! Funktioniert das?"

Karo nickte. Sie brauchte diesen Kaffee. „Sagen Sie, kann ich etwas für Sie tun?"

„Ja, natürlich. Jedenfalls hoffe ich das. Frau Rogalla sagt, Sie sind sehr gut und genau die Richtige."

Aha. Für Frau Rogalla putze Karo immer noch jeden Freitag. „Und es geht um …?"

„Also, es geht um meinen Geliebten sozusagen. Es ist doch bald Weihnachten … mh …" Sie spähte auf das vor Karo liegende Strafgesetzbuch. „Lesen Sie auf dem Kopf?"

Karo sah hinunter. Verdammt. „Na ja. Nicht grundsätzlich. Aber ich will in Übung bleiben. Als Detektivin muss ich das können. Sie verstehen."

„Ach so. Ja, natürlich. Also, weshalb ich hier bin. Ich möchte gerne, dass Sie ein Geschenk finden."

Karo zog einen Notizblock heran. „Sie haben ein Geschenk verloren? Wissen Sie, bei welcher Gelegenheit und wo? Und worum handelt es sich? Um Schmuck?"

„Ich habe doch kein Geschenk verloren!"

„Wer dann? Ihr Geliebter?"

„Nein, niemand! Ich *suche* ein Geschenk."

„Das Sie nicht verloren haben."

Der Rauschgoldengel nickte.

Karo schloss kurz die Augen. Ab morgen würde sie nur noch die heiße Schokolade trinken. „Was genau brachte Sie auf den Gedanken, eine Privatdetektivin zu engagieren?"

„Ach, wissen Sie, es ist doch unser erstes gemeinsames Weihnachten. Und ich möchte ihm ein richtig schönes Geschenk machen. Etwas Persönliches, ganz Besonderes, Passendes. Aber ich weiß nicht, was! Und das ist es. Ich möchte, dass Sie ein Geschenk für ihn finden."

Karo faltete die Hände. Sie würde ganz ruhig bleiben. „Steht auf meinem Schild unten etwa Privatdetektivin und Geschenkeberaterin?"

„Da ist kein Schild."

Ach richtig. Es war ja geklaut worden. „Nun, ich verrate Ihnen etwas: Geschenkeberaterin stand nicht darauf. In anderen Worten: Sie sind hier falsch. Gehen Sie in eine Parfümerie, eine Buchhandlung oder zu einem Herrenausstatter. Dort kann man Sie beraten. Und das ganz umsonst."

Die runden blauen Augen füllten sich mit Tränen. „Sie verstehen mich nicht", flüsterte der Rauschgoldengel mit zitternder Unterlippe.

Na, fabelhaft. Karo riss eine Seite aus dem No-tizblock, legte ein paar Weihnachtsplätzchen drauf und schob sie ihr rüber. „Bitte. Und vielleicht fan-gen wir noch einmal von vorne an." Sie nahm einen Stift. „Ihr Name, der Name Ihres Geliebten, wann haben Sie sich kennengelernt und wo."

Der Rauschgoldengel hieß Stefanie Maass, war zwei-undzwanzig und arbeitete als Kosmetikerin in einem Institut in der Innenstadt. Frau Rogalla kam einmal im Monat zur Gesichtsbehandlung, daher die Emp-fehlung. Auf der Suche nach ihrem Traummann war Stefanie nach einigen Umwegen im Chatroom einer Internet-Vermittlung fündig geworden. Auf inten-sive ‚Gespräche' im Chatroom und private E-Mails folgten rasch Telefongespräche und das erste Ren-dezvous. Liebe auf den ersten Blick vor dem ersten Blick, laut Patrick, dem Mann ohne Nachnamen. Denn das war das Problem, aber nicht wirklich ein Problem, oder zumindest kein großes, wie Stefanie behauptete.

Patrick war ein Mann mit einem Geheimnis. Ste-fanie kannte weder seinen Nachnamen noch seinen Beruf, wusste nicht, wo er wohnte. Sie kommunizier-ten per Handy oder E-Mail, sahen sich mehrmals die Woche, liebten sich sehr.

„Und es wird nicht immer so kompliziert bleiben. Eines Tages wird er mir alles erklären können. Bis

dahin muss ich Vertrauen haben und das habe ich. Aber deshalb, verstehen Sie, weiß ich nicht viel über ihn, und ich will ihn auch nicht ausfragen. Aber ich möchte ihm so gerne etwas schenken, das genau richtig für ihn ist, das einfach zu ihm passt, über das er sich wirklich freut."

Karo nickte.

„Ja, und da habe ich mir vorgestellt, Sie finden etwas über ihn heraus, über ihn persönlich. Und daraus ergibt sich dann die Idee für ein Geschenk."

„Und das ist alles?"

„Ganz bestimmt. Natürlich bin ich neugierig. Ich wüsste gerne alles über ihn. Alles. Aber das geht jetzt noch nicht, aus diesen Gründen, die ich nicht kenne. Also, das wollte ich noch sagen: Sie dürfen mir dann auch nichts weiter über ihn verraten, ja? Auch, wenn ich frage. Und wenn ich Sie mit Fragen löchere. Sie müssen dicht halten. Geht das?"

„Ja, natürlich." Mal was Neues. Finden Sie's raus, aber behalten Sie es für sich. Ja, die Liebe … und noch dazu die große … War es Karos Aufgabe, eine Klientin darauf hinzuweisen, dass hinter dem Geheimnis ihres Traummannes wahrscheinlich nur eine Ehefrau steckte, die von dieser Affäre nichts wissen sollte? Das war nicht ihre Aufgabe. Natürlich nicht. Auf keinen Fall.

„Hören Sie, Frau Maass. Hat Sie mal der Gedanke gestreift, dass der Mann verheiratet ist, und sein

geheimnisvolles Getue verhindern soll, dass Sie unbequeme Fragen stellen oder Ansprüche anmelden?"

Der Rauschgoldengel lief rot an. „Ja, vielleicht ist er verheiratet! Aber es gibt ja auch unglückliche Ehen, oder? Und es gibt Scheidungen. Ich vertraue ihm eben. Vertrauen! Da haben Sie wohl noch nichts von gehört!"

Karo öffnete hastig die Gebäckschublade und opferte das letzte Lebkuchenschaukelpferd mit Schokoladensattel. „Bitte, möchten Sie …"

„Oh, wie süß! Danke." Der Rauschgoldengel biss den Pferdekopf ab und wurde wieder friedlich.

Stefanies nächstes Rendezvous mit ihrem Patrick fand am folgenden Nachmittag auf dem Weihnachtsmarkt statt. Treffpunkt Kinderkarussell am Willy-Brandt-Platz. In der Nacht hatte es aufgehört zu schneien. Die trockene Schneedecke knirschte unter den Schritten.

Karo verbarg sich hinter dem Bratapfel-Stand. Als der Steeler Kinderchor von *Kling Glöckchen klingelingeling* zu *Schneeflöckchen, Weißröckchen* überging, fing es sachte an zu schneien. Um unauffällig zu wirken, aber eigentlich, weil sie dem Duft nicht länger widerstehen konnte, bestellte Karo einen mit Mandeln und Rosinen gefüllten Bratapfel unter einer Vanillecremehaube. Den zweiten musste sie halb gegessen zurücklassen, weil Stefanie von einem Mann umarmt und geküsst wurde und das Paar in die Menge tauchte. Karo eilte hinterher.

An einem Stand mit Kerzen und Baumschmuck aus Bienenwachs blieben die beiden stehen, und Karo konnte Patrick genauer betrachten. Sie schüttelte den Kopf. Er war etwa Ende zwanzig, mittelgroß und mittelschlank, soweit Karo das unter dem Lodenmantel erkennen konnte, und mittelblond. Eher unauffälliger Durchschnittsmann als Traummann. Na ja, sicher hatte er einen faszinierenden Charakter oder einen überzeugenden Po.

Er kaufte ein mit Gold verziertes Wachsherz und überreichte es Stefanie.

„Schnuckiputz", sagte sie und küsste ihn unter sein rechtes Ohrläppchen.

Er warf dem blinden Drehorgelmann und seinem Beagle das Wechselgeld auf einen Teller. Der Hund kam Karo bekannt vor. Das Kinngrübchen des Blinden auch. Ein Schlapphut und die dunkle Brille verbargen einen großen Teil seines Gesichts, aber …

Der Blinde schüttelte kaum merklich den Kopf. Karo nickte, grinste und folgte dem bummelnden Paar die Rathenaustraße hinunter zum Glühweinwagen, vorbei am Bratwürstchenzelt, zu einem Stand mit mundgeblasenen Christbaumkugeln. Das Beschatten war dank der vielen Menschen ein Leichtes.

Kein Zweifel, der nicht blinde Drehorgelmann war Lutz Berner, Karos Ex-Freund. Vor anderthalb Jahren hatte er sie zugunsten einer heiratswilligen Elektroingenieurin verlassen. Ob er seinen Job verloren

61

hatte? Aber nie würde die Kripo Essen auf ihren besten Drogenschnüffler verzichten, auf Derrick, den Beagle. Was hieß, die beiden waren im Einsatz. Auch im Einsatz.

Wie mit Karo verabredet, hatte Stefanie ihrem Patrick erzählt, sie habe an diesem Abend ihre Betriebsweihnachtsfeier und müsse deshalb bald gehen. Vor dem zugenebelten Stand mit Räuchermännchen aus dem Erzgebirge sah sie auf ihre Uhr und machte eine bedauernde Geste. Er legte einen Arm um ihre Schultern und begleitete Stefanie zu ihrem Auto, das am Weberplatz parkte. Er winkte ihr hinterher und ging zurück. Als er am Kopstadtplatz in ein Taxi stieg, nahm Karo das nächste in der Reihe.

Zehn Minuten später ließ er sich in der Reginenstraße absetzen und verschwand in einem fünfstöckigen Haus, zu dem er einen Schlüssel hatte.

„Drücken Sie auf die Tube", sagte Karo zu ihrem Taxifahrer und ließ sich nach Hause bringen.

Keine halbe Stunde später parkte sie mit ihrem Auto schräg gegenüber von dem Haus, das Patrick betreten hatte. Sie war bestens ausgerüstet mit einer Thermoskanne voll Milchkaffee, einem Fotoapparat, dem Fernglas, ihrem Mobiltelefon und einer Tüte Weihnachtsplätzchen. Eine Prüfung der Namensschilder war unergiebig verlaufen. Drei Paare, die mit Vor- und Nachnamen genannt waren, sowie je einmal S.

Wiemann und W. Hansen. Kein Patrick. Aber vielleicht war der Vorname ja falsch. Oder er hieß Willi Patrick Hansen oder Silvio Patrick Wiemann.

Wie immer er hieß, er kam nach einer Weile aus dem Haus. Jetzt trug er eine dicke Winterjacke und hielt einen kleinen Blumenstrauß in der Hand. Ohne sich umzusehen, stieg er in einen dunklen Ford mit Hamburger Kennzeichen. Karo folgte ihm zum Stadtwaldplatz und runter zum Baldeneysee.

Der große Parkplatz war fast leer. In der heraufsteigenden Dämmerung kehrten die letzten Spaziergänger und Entenfütterer zu ihren Autos zurück.

Patrick ging ein Stück den See entlang. An der ersten Anlegestelle blieb er stehen. Wartete. Karo versteckte sich hinter dem Gerätehaus eines Segelclubs.

Nach einer Weile näherten sich Schritte. Eine junge Frau eilte die spärlich beleuchtete Promenade entlang.

„Patrick? Hallo. Tut mir leid, ich bin spät dran …"

„Aber das macht doch gar nichts, Claudia", hörte Karo. „Ich freue mich, dich endlich persönlich kennenzulernen. Hier, für dich."

„Danke! Christrosen! Wie schön."

Karo lugte um die Ecke. Patrick hatte einen Arm um Claudia gelegt. Sie entfernten sich langsam in Richtung Heisingen.

Karo lief zurück zum Parkplatz und untersuchte sein Auto. Bedauerlicherweise waren darin keine hilfreichen Hinweise auf seine Identität oder gar

63

ein Hobby zu erkennen. Die Freude, seine Auto-nummer zu wissen, schmolz dahin, als sie entdeck-te, dass es sich um einen Mietwagen handelte. Und bei dieser Mietwagenfirma hatte sie nicht mal eine Kontaktperson.

Dann würde sie eben Lutz anrufen. Den Gefallen konnte er ihr tun. Leider nicht sofort. Sie hatte wie-der mal vergessen, ihr Handy aufzuladen.

Karo fuhr zurück in die Reginenstraße. Der Bigamist würde ja noch eine Weile beschäftigt sein. Sie wühlte in ihrem Kofferraum, steckte ein paar Prospekte ein und schlang sich das Seidentuch um den Hals, das ihr einen damenhaft-seriösen Touch gab.

Im Erdgeschoss war niemand zu Hause. Frau Han-sen im zweiten Stock war empört. „*Was* bieten Sie da an?"

„Dubber-Ware, die preiswerte Alternative. Plastik-behälter für alle möglichen und unmöglichen Gele-genheiten", wiederholte Karo und wedelte mit einem Prospekt.

„Da sind Sie bei mir nicht richtig, junge Frau. Ich lege Wert auf Qualität. Lieber zahle ich etwas mehr."

„Glauben Sie, ich könnte bei einer Ihrer Nachbarin-nen mehr Glück haben?" Karos letzte Worte prall-ten von der geschlossenen Tür zurück.

Frau Wiemann im Dritten war freundlicher. „Ein Prospekt können Sie mir gerne da lassen. Aber ich

nehme nur Glas, das sage ich Ihnen gleich. Bleiben'se mir mit dem Plastikzeug vom Leib. Die Reimanns über mir könnten Sie versuchen. Die Almodovars ganz oben sind ab nach Spanien bis nach Weihnachten. Er ist von da, wissen Sie, aber ein ganz Netter. Die haben einen Untermieter für die beiden Monate. Aber ich glaube ja nicht, dass der sich für die Zeit Behälter kaufen will."

Ha! „Ein einzelner Herr?"

„Da schlägt Ihr Herzken höher, was?"

„Wissen Sie, wie er heißt?"

„Das weiß ich. Da kam mal ein Paket für ihn, als er nicht da war, das habe ich angenommen. P. Müller. Er heißt Herr Müller."

Müller! Das würde die Suche nach seiner Identität natürlich enorm erleichtern. Andererseits sollte sie ja nur seine Interessen auskundschaften.

„Äh, wissen Sie zufällig, ob er gerne kocht? Oder sonst ein Hobby hat? Haben Sie ihn vielleicht mit Tennisschlägern gesehen?"

„Nee, keine Ahnung. In dem Paket war ein DVD-Player. Vielleicht tut der gerne Filme gucken."

„Vielen Dank, Frau Wiemann. Und falls Sie doch mal auf Plastikbehälter umschwenken wollen, die Telefonnummer steht auf dem Prospekt." Karos Tarnung als Vertreterin hatte ihrer Mutter schon manchen Auftrag beschert.

Sie fuhr zurück zur Lichtburg. Ein legaler Parkplatz in der Nähe war auch um diese Zeit nicht zu kriegen. Der Weihnachtsmarkt, die Lichtwochen, die langen Öffnungszeiten der Geschäfte zogen die Leute an. Immerhin kamen die Holländer meist in Reisebussen, die außerhalb der Innenstadt parkten. Für die restlichen Massen schien öffentlicher Nahverkehr ein Fremdwort zu sein.

Dazu kam, dass die Abendvorstellung der Lichtburg bis auf den tausenddreihundertzweiten Platz ausverkauft war. Heute gab es eine Benefizvorstellung von Fanny und Alexander unter Anwesenheit von Ingmar Bergman.

Karo parkte um die Ecke vom Haupteingang auf dem Bürgersteig. Solange man den Wagen nicht abschleppte, war alles okay. Sie kannte jemandem beim Straßenverkehrsamt, der ihre Knöllchen preiswert aus dem Computer löschte.

Vor der Kinokasse hofften ein paar optimistische Film-Fans auf zurückgegebene Karten. Die Film-Bar war gerammelt voll. Presse und Promis, die auf das Eintreffen des Meisters warteten. Giorgio und seine Helfer hatten alle Hände voll zu tun. Karo schlängelte sich durch das Gewühle.

Giorgio fing ihren Blick auf und schüttelte den Kopf. Niemand hatte nach ihr gefragt.

Karo ließ ein paar Salzstangen mitgehen. Im Büro steckte sie als Erstes ihr Mobiltelefon ins Aufladege-

rät. Auf ihrem Bakelittelefon wählte sie Lutz' Nummer im Polizeipräsidium und hatte Glück.

„Berner."

„Karo hier, hallo Lutz. Scharfes Outfit heute Nachmittag!"

„Oh – Karo …" Seine Freude hielt sich in Grenzen. Ihn plagte immer noch ein schlechtes Gewissen. Karo gegenüber, weil er sie sitzengelassen hatte; seiner Frau gegenüber, weil er noch zwölf Stunden vor der Hochzeit mit Karo geschlafen hatte – Karos letzter Versuch, ihn zurückzugewinnen. Dazu kam seine Furcht, Karo könnte seiner Frau den Vorfall verraten. Dass er ihr das zutraute, schmerzte Karo. Und nahm ihr jede Hemmung, ihn ab und zu für gewisse Auskünfte zur Mitarbeit heranzuziehen.

Karo berichtete in Umrissen von ihrem Auftrag. Widerstrebend stimmte Lutz zu, sich bei der Autovermietung nach dem Mieter des Wagens zu erkundigen.

„Es ist unglaublich, welche Risiken diese Frauen eingehen", sagte er. „Der E-Mail-Austausch gaukelt rasch eine große Vertrautheit vor, das Gefühl, jemanden schon gut zu kennen. Viel, viel schneller als früher mit richtigen Briefen. Diese Frauenmorde bei München – nach den neuesten Erkenntnissen haben die ersten Kontakte auch in einem Chatroom stattgefunden."

„Frauenmorde?" Karo erinnerte sich nur vage.

„Mein Gott, Karo. Liest du keine Zeitungen? Es

67

ist ein zunehmendes Problem. Anonymität. Virtuelle Persönlichkeiten. Selbst hier –" Er hielt verdächtig abrupt inne.

„Selbst hier – was? Spuck's aus, Lutz."

Er schwieg.

„Wie geht es deiner Frau?"

Er seufzte. „Das bleibt unter uns, verstanden? Wir halten es aus der Presse raus. In den letzten paar Monaten haben sich Frauen bei uns gemeldet, die sich auf diese Art mit einem Mann verabredet haben. An blödsinnig einsamen Orten. Vorher fanden sie es romantisch. Irgendein Perverser. Bisher sind die Frauen mit dem Schrecken davongekommen. Und mit einer neuen Frisur."

„Wieso?"

„Er schneidet den Frauen die langen Haare ab. Wir nennen ihn den Friseur. Die letzte hat sich gewehrt und hat ein paar üble Schnittwunden abgekriegt. Kann sein, dass er im Laufe der Zeit gewalttätiger werden wird. Beim nächsten Vollmond, bei der nächsten Frau, die sich zur Wehr setzt, wer weiß."

„Wieso warnt ihr nicht über die Zeitungen, über Radio und Fernsehen?"

„Man will ihn nicht warnen. Es gibt seit kurzem eine Kommission, die sich speziell um diesen Fall kümmert. Man will nicht, dass er jetzt auf Tauchstation geht."

Karo knabberte die Salzstangen weg. Hätte sie Patricks Date am See erwähnen sollen? War er der Friseur? Wohl eher nicht. Schließlich hatte der Rauschgoldengel nicht nur das erste, sondern auch die folgenden Rendezvous mit vollem Haupthaar überstanden.

Vielleicht gab es für das Treffen am See ja eine ganz harmlose Erklärung.

Ein Gedanke, der in den folgenden Tagen rapide an Glaubwürdigkeit abnahm. Der Mann traf sich jeden Tag mit ein bis zwei Frauen! Mittags ein paar Lebensmitteleinkäufe auf der Rüttenscheider und der Besuch in einem Blumengeschäft, das er mit ein oder zwei Sträußen wieder verließ. Am späten Nachmittag das erste Rendezvous. Immer an relativ einsamen Orten, die verschneit und zur blauen Stunde besonders romantisch wirken mochten. Die Beschattung dort war allerdings eine Herausforderung.

Patrick hatte eine Vorliebe für die Promenade am See. Der Weg zur Kluse, die Abtei in Werden und der Südwestfriedhof waren andere Treffpunkte. Womit und wann er sein Geld verdiente, war Karo ein Rätsel. Von irgendwelchen Hobbys ganz zu schweigen. Vermutlich hing er den ganzen Tag im Internet und quatschte Frauen an. Zählte das als Hobby? Wenn ja, zu welcher Geschenkidee inspirierte es?

Armer Rauschgoldengel. Stefanie rechnete mit einer entfremdeten Ehefrau. Statt der gab es eine

*69*

ganze Horde fremder Frauen. Sollte Karo ihre Klientin aufklären?

„Ihr Traummann ist ein regelrechter Blaubart, tut mir leid – trotzdem fröhliche Weihnachten, Frau Maass." Tränenüberflutetes Büro. Karo schauderte.

Andererseits hatte sie den strikten Auftrag, keine Einzelheiten aus seinem Leben weiterzugeben, lediglich einen Geschenkvorschlag abzuliefern. Und sie würde sich an diesen Auftrag halten. Sie notierte: DVD? Zum Beispiel *Blaubarts achte Frau*, von Ernst Lubitsch / T-Shirt mit Aufdruck ‚Polygamer Herzensbrecher' / Gutschein für tägliches Sträußchen vom Blumenladen?

Blödsinn!

Lutz war auch keine Hilfe. Der Wagen war an eine Multimedia-Firma mit Sitz in Hannover vermietet. Ohne konkrete Verdachtshinweise konnte er kaum weiterforschen. Selbst Karo sah das ein. Sie gab sich noch einen Tag.

Diesmal verfolgte sie Patrick nach Norden. Die Straßen waren frei, aber am Rand der Bürgersteige türmte sich der Schnee, er lag auf Bäumen und Dächern. Es war kälter geworden. Der Vollmond hing wie eine Eisscheibe am klaren Himmel.

Sie durchquerten die Innenstadt, fuhren durch Altenessen, Richtung Karnap. Kurz vor dem Rhein-Herne-Kanal bog Patrick rechts ab.

Die Halde Schurenbach! Das konnte doch wohl nicht wahr sein. Karo blieb in der kleinen Straße stehen und stellte den Motor ab. Als Patrick auf den Parkplatz fuhr, stieg eine Frau aus einem Kleinwagen. Beide hatten Taschenlampen.

Begrüßung. Blumenübergabe.

Und tatsächlich, sie machten sich auf zur Haldenbesteigung. Der holprige Fußweg wand sich gemächlich um die Halde. Trotz Vollmond und Taschenlampen würden sie nicht allzu schnell gehen können. Eine direkte Verfolgung wäre schwierig. Anfangs war der Weg von jungen Bäumen gesäumt, aber weiter oben hatte man einen freien Blick auf die Serpentinen.

Sie würde geradewegs hochkraxeln, entschied Karo, und das Paar auf dem Plateau erwarten.

Karo tauchte in die Sträucher. Ihre Augen gewöhnten sich ans Halbdunkel. Meist auf allen Vieren, machte sie sich auf den Weg nach oben. Sie kletterte, rutschte auf vereisten Stellen, schürfte sich die Hände am Geröll auf und fluchte. Wie viel hatte dies noch mit ihrem Auftrag zu tun, der Geschenkidee? Herzlich wenig, wenn sie ehrlich war. Sie war von Neugier getrieben, vom Jagdfieber erfasst. Sie brannte darauf, herauszufinden, welches Spiel der unauffällige Patrick Müller spielte.

Keuchend und verschwitzt erreichte Karo das Plateau. Als erste. Weit und breit keine Menschenseele. Die Bramme ragte wie ein prähistorisches Monument

71

in den Nachthimmel. Von einer Autobahn rauschte der Verkehr. Es gab kaum Deckung in dieser Mondlandschaft. Karo kauerte sich hinter ein paar magere Sträucher am Nordrand und wartete.

Zuerst hörte sie die Stimmen, freundlich, lachend. Dann erschien Patrick mit der Frau. Sie gingen auf die Bramme zu. Patrick erklärte offensichtlich die von Richard Serra geschaffene Skulptur. Er klopfte mit seiner Taschenlampe gegen das Eisen. Die beiden gingen weiter zum Rand des Plateaus und daran entlang. Er deutete auf den Gasometer in Oberhausen, das Tetraeder in Bottrop, die neongeschmückten Schornsteine der Zeche Zollverein. War er ein verdammter Reiseführer?

Ein paar Meter von Karo entfernt blieben sie stehen.

„Ja, aber was genau hast du vor?", hörte Karo die Frau fragen. Ihn konnte Karo nicht verstehen. Er redete auf die Frau ein.

„Nein!", rief sie. „Das kann nicht dein Ernst sein!"

„Es wird dir gefallen", sagte Patrick mit schmeichelnder Stimme. „Anfangs mag es dir komisch vorkommen. Aber dann … glaub mir. Du bist nicht die erste … man könnte –"

Griff er ihr um den Hals? Es war so schwer zu erkennen. Er flüsterte der Frau ins Ohr und holte etwas aus der Tasche, das im Mondlicht aufblitzte.

Die Frau kreischte auf.

Er war doch der Friseur! Und es war Vollmond!

Karo richtete sich auf und hechtete mit einem Schrei auf Patrick zu. Die Frau kreischte wieder. Patrick fuhr herum. Karo packte ihn um die Beine. Die Frau griff Karo an. Um sich wehren zu können, ließ Karo Patrick los. Er verlor das Gleichgewicht und verschwand über den Rand. Karo und die Frau lösten sich aus ihrer Umklammerung und schauten hinab ins dunkle Nichts.

„Patrick?", rief die Frau.

Keine Antwort.

Karo richtete ihre Taschenlampe hinunter. Auf einem Vorsprung etwa sechs Meter unter ihnen entdeckten sie Patrick Müller. Er lag auf dem Rücken, die Augen geschlossen, ein Bein in einem merkwürdigen Winkel von sich gestreckt.

„Wenn Sie ihn umgebracht haben, breche ich Ihnen das Genick. Oder wenigstens den Arm", sagte die Frau.

Karo trat einen Schritt zur Seite. „Ich wollte Sie retten. Ich bin Privatdetektivin. Ich glaube, er ist der sogenannte Friseur. Er wird von der Polizei gesucht. Er lockt Chatroom-Bekanntschaften auf einsame Rendezvous und geht dann mit der Schere auf ihre Haare los."

„Patrick ist nicht der Friseur." Die Frau nahm ihre Mütze ab. Auf einer Seite fielen ihre Haare bis auf die Schulter, auf der anderen waren sie eher kurz. Irgendwie apart.

„*Das* war der Friseur. Vor zwei Wochen."

„Oh. Haben Sie ihn angezeigt?"

Die Frau schüttelte den Kopf. „Man sollte es tun, ich weiß. Aber ich kann mir nicht leisten, da reingezogen zu werden. Ich unterrichte an einer katholischen Privatschule. Die Nonnen ... Moment, haben Sie auch was gehört?"

Karo leuchtete Patrick an. Er fasste sich an den Kopf und stöhnte.

„Juchhu, Patrick!", rief die Frau. „Wir kommen runter!"

Sie rutschten vorsichtig den Abhang hinunter.

„Tut mir wirklich leid, Herr Müller", sagte Karo. „Ein bedauerliches Missverständnis."

„Ich kann mein Bein nicht rühren."

Die Frau kniete neben ihm und tastete es ab. „Gebrochen. Wir bewegen ihn besser nicht."

Karo hatte vergessen, ihr Handy mitzunehmen. Das von Patrick war durch den Fall demoliert und gab keinen Ton von sich.

„Und ich habe keins", sagte die Frau. „Ich hasse die Dinger. Am besten bleiben Sie bei ihm. Ich gehe runter zu einem Telefon und rufe einen Krankenwagen. Und dann verschwinde ich. Patrick, du nimmst mir das nicht übel, nein? Aber wenn die Schulleiterin von der Art meiner Männerbekanntschaften Wind kriegt, bin ich draußen." Sie nahm Karo zur Seite. „Übrigens, wenn Sie noch am Friseur interessiert sind – ich habe sein Nummernschild gesehen, als er abhaute und zu seinem Wagen rannte."

74

„Er haute ab?"

„Judo. Ich unterrichte auch Selbstverteidigung. Wollen Sie die Nummer?"

„Ja, geben Sie her."

„Meine gute Tat zum Fest. Ich hatte wirklich ein schlechtes Gewissen. Die Nonnen färben so was von ab. Aber ich habe mich nicht getraut, anonym bei der Polizei anzurufen. Wenn die den Anruf zu mir zurückverfolgt hätten … Na ja. Ist jetzt Ihre Sache."

Die Frau drückte Patrick einen Kuss auf die verkratzte Stirn und machte sich auf den Rückweg.

„Gut, dass es nicht schneit", sagte Karo.

„Gut, dass ich Sie nicht schütteln kann", sagte Patrick. „Was haben Sie hier eigentlich zu suchen?"

„Ich bin Privatdetektivin. Ihr Verhalten war verdächtig. All diese Frauenbekanntschaften. Die einsamen Treffpunkte. Ich wollte rausfinden, was dahintersteckt."

„Wer hat Sie beauftragt?"

„Kann ich Ihnen leider nicht sagen."

„Ich kann's mir denken. Die Konkurrenz, oder?"

„Nein, keine Konkurrenz. An welche Konkurrenz hatten Sie da gedacht?"

„An keine bestimmte. Es ist ein heißes Thema. Daran könnten alle möglichen anderen Produktionsgesellschaften interessiert sein."

Wie sich nun herausstellte, recherchierte er im Auftrag eines großen Privatsenders. Für eine mehrteilige

Doku-Reportage. *Von der Heiratsanzeige zum Chatroom: Neue Medien, neue Wege.*

„Es ist das erste Mal, dass unsere Firma für diesen Sender arbeitet. Es muss hundertprozentig laufen. Eine der Bedingungen war, dass es im Vorfeld ganz geheim bleiben sollte. Das Thema ist ein heißes Eisen. Und die Konkurrenz schläft nie. Der Kampf um die Quoten ist so was von scharf, Sie haben keine Ahnung. Ich habe sogar meiner neuen Freundin nichts davon gesagt. Aber ich war sowieso fast fertig. Genug Frauen haben zugesagt, bei der Sendung mitzumachen. Die ersten Treffen mit mir stellen wir dann vor der Kamera nach. Einsame Orte, ein unbekannter Mann, unterlegt von bedrohlich-spannender Musik. Interviews – warum gehen sie solchen Risiken ein. Schnitt zu den Morden in Bayern. Das wird ganz heiß, sage ich Ihnen."

„Hm. Haben Sie eigentlich ein Hobby?"

„Mein Beruf ist mein Hobby. Außerdem ist mir kalt."

Mit einem Seufzer legte Karo ihm ihre Jacke über.

Der Krankenwagenfahrer schimpfte. „Was für ein beschissener Weg hier hoch. Da hätte man gleich einen Hubschrauber schicken können."

Mit Mühe schafften seine Kollegen Patrick zurück auf das Plateau. Karo begleitete ihn ins Krupp'sche Krankenhaus. Sie musste in der Halle warten und hatte reichlich Zeit, den Krankenhausweihnachtsbaum zu

betrachten. Er war mit weißen Wattebäuschen, Gaze-schleiern und chirurgischen Instrumenten in Miniatur geschmückt. Beflügelte Krankenschwesterpüppchen und ein kleiner Pfleger umschwebten ihn. Auf der Baumspitze balancierte Florence Nightingale als Engel in viktorianischer Schwesterntracht.

„Dieses Jahr durfte das Pflegepersonal den Baum gestalten", sagte die Empfangsdame und wies Karo den Weg zur Telefonzelle.

Sie rief Lutz an. „Sag mal, steht auf Hinweise, die zur Ergreifung des Friseurs führen, eine Belohnung? Möglichst eine hohe?"

„Bisher nicht. Wir stehen ja erst am Anfang unserer Ermittlungen."

„Verdammtes Pech." Karo gab ihm das Autokennzeichen des Gesuchten durch. „Sicher werden die Frauen ihn bei einer Gegenüberstellung identifizieren."

„Das ist keiner deiner Scherze?"

„Lutz!"

„Ich mein ja nur. Also, wenn das stimmt ... Wie kommst du überhaupt zu seiner Autonummer?"

„Ich bin eben Detektivin, mein Lieber. Aber lass mich außen vor, ja?"

„Okay. Eine Informantin, werde ich sagen. Du hast was gut bei mir, Karo."

„Sowieso." Karo hängte auf.

Sie durfte kurz zu Patrick, dessen Bein gerichtet und eingegipst worden war. Mindestens zehn Tage

77

Krankenhaus, schätzte der Arzt, und Weihnachten auf Krücken.

„Ich habe es als Arbeitsunfall gemeldet", sagte Patrick. „Mein Chef war begeistert. Reporter setzt Leib und Leben ein! Das nehmen wir jetzt rein in die Doku! Konkurrenzsender hetzt Detektivin auf mich – Kampf am Abgrund. Sie machen doch mit?"

Karo schnaubte. „Ganz bestimmt nicht."

„Verstehe ich nicht. Wollen Sie nicht ins Fernsehen? Aber, egal. Dann lassen wir Sie von einer Schauspielerin darstellen. Blond, am besten. Ein sexy Trenchcoat, rote Pumps … Dagegen haben Sie doch nichts?"

„Also, wirklich! Ich –"

„Wir kaufen Ihnen die Rechte natürlich ab, Frau Rutkowsky. Ich lasse einen Vertrag vorbereiten."

Karo machte den Mund zu. Hatte er „abkaufen" gesagt? Sie sparte ja immer noch auf diesen kleinen Loft auf Zeche Zollverein.

„Hm …"

„Gebongt", sagte Patrick. „Auf den Preis einigen wir uns schon. So. Und nach dem Frühstück rufe ich meine Freundin an. Das Versteckspiel hat jetzt ein Ende."

Noch vor dem Frühstück rief Karo ihre Auftraggeberin selbst an. „Der Fall ist erledigt, Frau Maass. Allerdings wäre es gut, wenn Sie ihm das Geschenk schon vor Weihnachten überreichen würden. Und sicher würde

78

er sich freuen, wenn Sie ihn gleich zum Frühstück überraschen. Sie finden ihn im Krupp'schen Krankenhaus."

„Nein!", rief der Rauschgoldengel. „Nein, nein, nein! Sagen Sie mir bloß nicht, dass er Arzt ist. Mein letzter Freund war Arzt. Ein echtes Trauma."

„Nein, kein Arzt. Beruhigen Sie sich. Ganz im Gegenteil."

„Sie meinen …?"

„Er ist Patient dort. Kein Grund zur Sorge. Nur ein Beinbruch."

„Hach, da bin ich aber erleichtert. Echt. Sie haben mir einen ganz schönen Schrecken eingejagt. Ach ja, und das Geschenk?"

„Kennen Sie diese neuen Designer-Krücken? In verschiedenen Farben und Mustern? Was halten Sie davon, ihm Krücken mit Burberry-Muster zu schenken?"

„Gute Idee! Er hat schon einen Burberry-Schal. Ich danke Ihnen, Frau Rutkowsky. Und Frohe Weihnachten."

„Danke, gleichfalls", sagte Karo, aber der Rauschgoldengel hatte schon aufgelegt. Karo gähnte.

Im Brotkasten entdeckte sie noch ein paar von Frau Rogallas Dattelpralinen und schob sich eine Handvoll in den Mund. Um zehn musste sie in Bredeney sein, um eine ihrer Villen zu putzen. Da konnte sie noch fast drei Stunden schlafen, wenn sie es nach-

her mit den Geschwindigkeitsbegrenzungen nicht so genau nahm.

Karo zog sich aus, ließ ihre Klamotten auf den Fußboden fallen und kroch ins ungemachte Bett.

Ihr Pech, dass auf den Friseur noch keine Belohnung ausgesetzt gewesen war. Wenn sie nicht bald die fehlenden Tausender für die Anzahlung zusammenbekam, konnte sie sich den Loft auf Zollverein von der Backe streichen. Immerhin sah es nichts so aus, als würde Patrick Müller sie wegen Körperverletzung verklagen, weil sie aus Versehen sein Bein gebrochen hatte. Na ja, und mal sehen, was diese Fernsehproduzenten rüberschieben würden, für das Recht, sie von einer hochhackigen Blondine darstellen zu lassen.

# WHITE CHRISTMAS

*K*aro stand im Vorraum der Damentoilette und betrachtete sich im Spiegel. Niemand würde sie erkennen, oder? Sie zog die Mütze ein wenig tiefer ins Gesicht und strich den Bart glatt. Es war alles höchst bedauerlich. In dieser Vorweihnachtszeit hatte sie als Privatdetektivin besonders wenig zu tun. Die Auftragslage war an einem Tiefpunkt angelangt, den man lediglich deshalb nicht als dramatisch bezeichnen konnte, weil der Jahreshöhepunkt nur unwesentlich höher gelegen hatte. Na ja.

Dafür hatte sie in ihrem gut bezahlten und vor dem Finanzamt bisher erfolgreich verborgenen Zweitberuf als Putzfrau reichlich zu tun.

In den von ihr betreuten Villen war rechtzeitig mit den ersten Kränzen an der Tür das Weihnachtsfieber ausgebrochen. Familienfeste wurden vorbereitet. Silberne Leuchter mussten geputzt, Gästezimmer wollten vorbereitet werden. Und jede Fläche Holz musste Karo mit besonderem Nachdruck polieren oder einwachsen. Offensichtlich war keiner ihrer Putzkundinnen der Artikel in einer der exklusiveren Wohnzeitschriften entgangen, in dem vom edlen und altmodischen Schimmer und wohltuenden Duft wohlpolierten Holzes die Rede gewesen war, der zum aromatherapeuthischen Muss für jeden gepflegten weihnachtlichen Haushalt erklärt wurde.

Noch vor dem zweiten Advent umgab Karo ein Aroma von Zitronenöl und Bienenwachs, das auch unter der Dusche nicht verschwand. Nicht mehr lange und sie würde aufs Duschen verzichten und ihren Körper einfach polieren können.

Die Massen von Weihnachtsschmuck – der geschmackvollsten Art natürlich – für draußen und drinnen, die Karo entstaubt und gesäubert hatte, spotteten jeder Beschreibung. Und nebenbei mussten natürlich die Häuser von den Fenstern bis zu den Fußleisten wie üblich gereinigt werden.

An der Putzfront lief also alles bestens. Wie immer. Wäre sie als Detektivin doch nur halb so begehrt. Aber selbst die eifersüchtigsten Eheleute des Ruhrgebiets scheuten sich, vor den Feiertagen möglichen Wahrheiten ins Gesicht blicken zu müssen und den brüchigen Familienfrieden zu Weihnachten vielleicht bröckeln zu sehen. Der Januar würde erfahrungsgemäß die Ernüchterung bringen und auch neue Überwachungsaufträge. Doch bis dahin waren es noch ein paar Wochen. Und sie brauchte jetzt ein offizielles Einkommen. Andernfalls würde sich das Finanzamt wieder mal wundern, wie sie beispielsweise ihre Büromiete bezahlte, und unangenehme Fragen stellen.

Ob sie eine Sonnenbrille aufsetzen sollte, um ganz sicherzugehen? Oder würde sie damit die Aufmerksamkeit eher auf sich ziehen? Keinesfalls wollte sie erkannt werden. Irgendwie glaubte sie nicht, dass es ihrem Image als junger – okay: relativ junger aufstrebender Privatdetektivin förderlich wäre, wenn bekannt würde, dass sie als Weihnachtsmann rumlief, um nach Taschendieben Ausschau zu halten. Damit war sie kaum mehr als ein Kaufhausdetektiv – eine mindere Spezies, mit der sie keinesfalls verwechselt werden wollte.

Nur kein Selbstmitleid. Karo bleckte die Zähne. Der Januar war nicht mehr fern. Und schließlich war sie froh gewesen, als ihr Bernie heute Morgen gesteckt hatte, dass die Organisatoren von White Christmas in Essen dringend einen zusätzlichen Weihnachtsmann für ihr Sicherheitspersonal suchten. Ihr Vorgänger hatte sich am Vorabend im Vollrausch am Rande der Eislauffläche auf dem Kennedyplatz schlafen gelegt. Nachdem er mit Unterkühlung ins Klinikum eingeliefert und gefeuert worden war, fehlte ein Weihnachtsmann.

Der Erfolg des Winterfestivals hatte nicht nur bereits in den ersten zehn Tagen zu Besucherrekorden geführt, sondern auch Taschendiebe von nah und fern angezogen.

Selbst eine berüchtigte Bande aus Schwaben, traditionell auf den Nürnberger Christkindlesmarkt spezialisiert, sollte sich auf dem Weg ins Ruhrgebiet befinden.

Okay. Sechzehn Uhr. Dienstbeginn. Auf ins Getümmel. Karo ging über den Flur zurück in ihr Büro. Sie verstaute das Dienst-Walkie-Talkie, etwas Geld, ein paar große Handschellen sowie eine Tüte Zimtsterne in den geräumigen Taschen des Kostüms. Sie schloss ihre Bürotür hinter sich und lauschte. Noch war alles ruhig im Gebäude der Lichtburg. Jeden Abend um achtzehn Uhr zeigte man *Holiday Inn*, den Film, der Irving Berlins Lied *White Christmas* berühmt gemacht hatte. Oder vielleicht war es ja umgekehrt und Bing Crosbys unnachahmliche Art das Lied zu singen, hatte den Film berühmt gemacht. Um dreiundzwanzig Uhr gab es das Technicolor-Remake *White Christmas*. Karo bevorzugte das schwarz-weiße Original von 1942 und hatte es sich schon einige Male angesehen.

Das Walkie-Talkie knisterte. „Ja?", sagte Karo.

„Hier ist Santa. Hier ist Santa. Santa an Rudolph."

Karo verdrehte die Augen. Udo Timm, Ex-Feldwebel der Bundeswehr und Chef des Festival-Sicherheitsdienstes, war eindeutig zu lange in der amerikanischen Wüste stationiert gewesen. Er fand die von ihm vergebenen Codenamen witzig. Er hatte seine Sicherheitsweihnachtsmänner nach den Rentieren in einem amerikanischen Weihnachtsgedicht benannt: Dasher, Dancer, Prancer, Vixen, Comet, Cupid, Don-

ner und Blitzen. Da es dort nur acht waren, taufte er den neunten Weihnachtsmann Rudolph.

„Was gibt's, Santa?"

„Bitte Position bestätigen, Rudolph. Roger."

„Kettwiger Straße, Höhe Lichtburg." Das war kaum geschwindelt.

„Position beibehalten. Die Kettwiger runter bis zum Münster, Münster inklusive. Roger."

„Okay."

„Roger, Rudolph? Jede Durchsage ist korrekt mit Roger zu beenden! Gefälligst dran denken!"

Karo knirschte mit den Zähnen. „Roger, Santa."

Sie öffnete die Schwingtür zur Film-Bar. Giorgio bereitete sich auf den Ansturm vor, der in Kürze einsetzen würde.

„Hi, Giorgio. Kann ich schon mal was probieren? – Und spare dir deine Bemerkung über mein Kostüm."

„Schade." Er grinste und schob ihr ein Glas Eggnog über die Theke. Für die Dauer des Festivals nannte er das Getränk White Christmas und konnte gar nicht genug davon machen. „Ich bin mir nicht sicher, dieser neue Kognak … meinst du, ich muss mehr Muskat nehmen?"

Karo nippte an dem heißen Getränk. „Mhhhh. Nein, ist okay so. Sehr lecker, wie immer. So, dann werde ich mal. Ich gucke später wieder rein." Sie schlüpfte aus dem Seiteneingang des Kinos und mischte sich auf der Kettwiger Straße, einer reinen Fußgängerzone, unters Volk.

Bing Crosbys Stimme schien aus dem All herunterzudriften, gerade so laut, dass man genauer hören wollte, was er sang und woher es kam. Die Menschen blickten unweigerlich auf.

Das Lied aus dem Film.

*Der Traum von weißen Weihnachten …*

Sinngemäß übertrug Karo die Zeilen in Gedanken, während sie die breite Straße hinabschlenderte.

*Wie die Christfeste von einst …*

Die Passanten sahen hoch in das schmale Stück Himmel zwischen den Hausdächern und ließen sich von dem Licht-, Farben- und Klangspiel über ihnen verzaubern.

*Mit schneeglitzernden Wipfeln,*
*und lauschenden Kindern …*

Schneegestöber vor einem winterlichen Blau wurde angedeutet und verschwand wieder. Helle Formen, begleitet von fernem Glöckchenklang huschten darüber hinweg.

*Klingglöckchen und wirbelnde Flocken …*

Das schneegedämpfte Klappern von Hufen war vorbei, ehe man entscheiden konnte, ob man es gehört oder sich nur eingebildet hatte.

*Mit jedem Weihnachtsgruß*
*der Traum von einem weißen Fest ...*

Die Inszenierung war gelungen. Kein Zweifel. Es störte noch nicht einmal, dass kein Schnee lag. Mit Einbruch der Dämmerung, zu Beginn der blauen Stunde, wurde die Innenstadt in winterlich blaues Licht getaucht und die Licht- und Klanginstallationen von über hundert Künstlerinnen und Künstlern aus dreiundzwanzig Ländern verwandelten Straßen und Plätze, Gassen und Gebäude in etwas Fremdes und Zauberhaftes.

*Fröhliche Weihnachten*
*und weiße Weihnacht auf alle Zeit ...*

Bing Crosbys Wünsche wehten hinter Karo her, als sie durch die Menschenmenge die Kettwiger weiter hinunterbummelte. Acht Stunden dauerte ihr Dienst, bis Mitternacht. Schön langweilig würde das werden auf dieser kurzen Strecke. Hin und her und her und hin. Sicher sprach nichts dagegen – oder zumindest würde es niemandem auffallen –, wenn sie alle paar Stunden in die Lichtburg schlüpfen und sich mit einem

Eggnog White Christmas stärken würde. Schon hob sich ihre Stimmung. Seine diesjährige Version des heißen würzigen Eierpunschs war zweifellos eine von Giorgios Glanzleistungen.

Vor den Stufen, die zum Burgplatz hinunterführten, standen Menschentrauben. Über den Platz hinweg schien der Blick bis in die Arktis zu reichen. Transparente Eisberge schwebten über dem Horizont. Eiskalte Töne zerschellten auf dem Platz. Das monströse Essener Rathaus, das sonst hinter dem zierlichen Münster aufragte, war unsichtbar; verschluckt von dichtem schwarzem Licht. Für viele war dies die größte Leistung des Festivals.

Karo beschloss, sich eine Weile in die Münsterkirche zurückzuziehen. Auch dort könnten schließlich Taschendiebe auftauchen. Außerdem gab es Sitzgelegenheiten. Ihr war ein klein bisschen schwummrig.

„Heh – Rudolph! … Rudi-Rotnase, joh!"

Karo wandte sich um. Aus Richtung der Marktkirche wühlte sich ein hochgewachsener Weihnachtsmann in einem tomatenroten, puschelpelzbesetzten Anzug durch die Menschen. Das war Donner. Oder war es Comet? Jedenfalls einer ihrer derzeitigen Kollegen. Er zog einen älteren Herrn hinter sich her. An Handschellen.

„Na, Rudi, warst du auch schon fündig? Dieser ist bereits meine Nummer drei seit gestern. Noch 'ne Prämie …"

Prämie? „Was für eine Prämie?"

„Na, der Fuffi für jeden, den du kassierst. Und dann auch noch steuerfrei", flüsterte Donner. Wenn es nicht Comet war. „Hat dir Santa das nicht erzählt? Ha! Dieses Schlitzohr!" Er grinste. „Na, ich muss weiter, ihn abliefern. Hodriho!" Er zog mit seiner Beute ab.

Im Zwölfling, einer Seitenstraße, benannt nach einem früheren Beginenkonvent, parkte das silberglänzende Wohnmobil, in dem sich die Abgabestelle befand. Dort saß Santa, rauchte Zigarren und übernahm die Festgenommenen. Er regelte den Papierkram mit der Polizei. Und griff in die Keksdose, um steuerfreie Prämien zu verteilen? Von denen er Karo nichts verraten hatte. Konnte das Zufall sein? Karos Augen wurden schmal. Das würde sie erst mal rausfinden.

Sie drehte sich um. Und drehte sofort wieder zurück. Ihr wurde heiß. War das etwa Lutz gewesen? Würde ihr Ex-Freund mit einer Biberfellmütze rumlaufen? Vermutlich konnte alles passieren, wenn man in die Fänge einer heiratssüchtigen Elektroingenieurin geraten war. Mehr denn je hatte er etwas von einem Teddybären. Aber wer hatte schon etwas gegen Teddybären? Keinesfalls durfte er sehen, wie tief sie gesunken war.

Natürlich hatte sie ihn auch schon in lächerlichen Verkleidungen gesehen, zum Beispiel letzten Winter als Bettler. Aber er war so rumgelaufen, weil er ein verdeckt ermittelnder Kriminalbeamter war. Das war etwas ganz anderes.

Nein – er konnte sie in dem kurzen Augenblick nicht erkannt haben. Außerdem hatte er sie noch nie mit Bart gesehen. Ihre eigene Mutter hätte sie nicht erkannt. Kein Grund zur Aufregung. Sie musste sich nur unauffällig verhalten.

Karo machte kurze gleitende Schritte Richtung Lichtburg. Sie würde einfach eine Weile dort untertauchen, in ihrem Büro oder in der Film-Bar, und ihm Zeit zum Verschwinden geben. Womöglich hatte er sogar die Gattin dabei. Nicht auszudenken, wenn sie dieser Frau bei der ersten Begegnung als Weihnachtsmann gegenüber stehen müsste.

„Karo?"

Oh Schiet. Das war Lutz. Aber mit Unglauben in der Stimme. Er war sich nicht sicher. Gut. Karo reagierte nicht auf seinen Ruf. Aus den Augen aus dem Sinn, schien als Motto der Stunde angesagt. Die Lichtburg war zu weit, außerdem würde dieses Ziel seinen Verdacht nur bestätigen. Ihr Blick irrte umher.

Kirchenasyl! Sie sprintete über die Kettwiger, sprang die Stufen zum Münster-Vorplatz hinunter und lief weiter in den alten Innenhof.

Links in die Johanniskirche oder rechts ins Münster? Das Münster war größer. Karo öffnete einen Türflügel. Die Kirche war menschenleer. Vom anderen Ende blickte ihr die Goldene Madonna unbewegt

entgegen. Karo machte ein paar Schritte und blieb stehen. Wo waren denn Beichtstühle, wenn man sie mal brauchte? Sie rannte auf die andere Seite. Nichts. Das durfte doch nicht wahr sein!

Die Tür öffnete sich. Sie hörte Schritte.

Hoch auf die Empore? Keine Zeit. Karo huschte in die siebte Bankreihe und kauerte sich auf den Boden.

Die hallenden Schritte näherten sich. Karo duckte sich tiefer. Sie machte sich so klein sie konnte und versuchte, mit dem Boden zu verschmelzen.

Er blieb stehen.

Karo kniff die Augen zu. „Lieber-Gott-lass-Lutz-mich-hier-nicht-so-sehen-bitte-bitte-Amen."

Zu spät.

Die Bank knarrte. Er setzte sich.

Karo öffnete ein Auge. Dunkelbraune italienische Lederschuhe vom Feinsten. Seidensocken. Kaschmirhosenbeine. Nicht Lutz. Doch erhört! Halleluja!

Sie sah hoch. Ein schmales gebräuntes Gesicht, Augen von der Farbe alten Portweins, fragend auf sie gerichtet; dunkle Haare und schmale, aber sinnliche Lippen. Definitiv kein Teddybär.

Karo richtete sich etwas auf und kniete nun neben dem attraktivsten Mann, den sie seit letztem Dienstag gesehen hatte. Da allerdings nur auf der Leinwand, wenn auch überlebensgroß: Cary Grant in *Die Nacht vor der Hochzeit*. Ihr Blick fiel auf den schwarzen Rollkragen. Oh.

*93*

„Sie sind Priester?" Ihre Stimme klang heiser. Sie räusperte sich.

„Nein. Wieso? Wollen Sie etwa die Beichte ablegen?", fragte er gedehnt.

Diese Stimme! Karo lächelte. Breit. Die Barthaare kitzelten. Verdammt, den Bart hatte sie ganz vergessen. Sie löste die Gummibänder hinter ihren Ohren und ließ den Bart unters Kinn rutschen.

„Ah", sagte der Mann. „Eine Frau. Das habe ich nun nicht erwartet." Aber er klang nicht enttäuscht.

„Das passt ja gut", sagte Karo. „Ich habe auch jemand anders erwartet."

„Tja, ich musste einspringen."

Für den Erzengel Gabriel? „Wie schön. Ich bin übrigens auch eingesprungen." Und sie beklagte sich nicht. Sie würde ihn auf einen Drink einladen. Warum nicht? Einen White Christmas in der Film-Bar.

„Und?", sagte er.

„Und …?" Karo lächelte.

„Ja. Sagen Sie's."

Konnte er Gedanken lesen? „Also … Ich wollte sagen …"

„Sie haben es vergessen?"

„Na ja … Nein, nicht direkt …"

Sein Blick ließ den ihren nicht los. Er wusste, dass er die Quelle ihrer Verwirrung war. Und es amüsierte ihn. Er sagte: „Na gut. Weil Sie es sind. Und weil ich

nicht ewig Zeit habe. Ich helfe Ihnen auf die Sprünge. Ausnahmsweise. Ich sag den Anfang: White …"

„Christmas!", rief Karo, dass es von den Wänden widerhallte. Er konnte Gedanken lesen. Es war unheimlich. Auf eine angenehme Art und Weise.

„Na also!" Er lachte leise. Und vielversprechend. Er begann, die unteren Knöpfe seines Mantels zu öffnen. „Dann wollen wir mal sehen, was ich Schönes für Sie habe."

„Oh." Karo wurde warm. „Ich dachte eigentlich … K-k-kennen Sie die Film-Bar? Die ist ganz in der Nähe und –"

„Nervös?" Er lachte leise. „Nein, nein, so eine Kirche ist ideal, glauben Sie mir. Und entspannen Sie sich." Er griff unter den Mantel und nestelte an etwas herum.

Karo sah sich um. Was, wenn Lutz jetzt hereinkäme? Oder ein Priester oder sonst jemand. „Hören Sie, ich …" Karo verstummte. Was zog er denn da hervor? Sie sah ihn an.

Er nickte. „Sieht gut aus, nicht? Sieht gut aus und ist gut. Das garantiere ich."

Karo beugte sich vor. Wieso geriet sie immer in solch unmögliche Situationen? Sie streckte eine Hand aus.

Er schüttelte den Kopf. „Erst das Geld, bitte."

Natürlich. Er wollte bezahlt werden. Die fünf Euro sechzig, die sie bei sich hatte, würden da wahrscheinlich nicht ausreichen. Denn was da in den aneinan-

95

der geschweißten Plastikbeutelchen weiß schimmerte, war sicher kein Zucker. Das war Schnee. Sie war in einen Drogendeal geraten. Wo blieb Lutz?

„Na, was ist – wird's bald?"

„Klar, Moment …" Ihre Hand tauchte in die Jackentasche und ertastete Metall. Hm …

„Vögelchen!", rief Karo. Er guckte nach oben. Es ging doch nichts über eine gute Kinderstube.

Im Nu legte sie die Handschellen um seine Fußknöchel, ließ sie zuschnappen, sprang auf und rannte los.

„Heh, was soll das? Komm sofort zurück, du Schlampe."

Karo blieb hinter einer Säule stehen und zog ihr Walkie-Talkie hervor. „Rudolph an alle Rentiere: Mayday – Mayday! Bitte sofort ins Münster kommen. Sofort! Ha-habe einen Drogendealer. Brauche Unterstützung." Sie lugte um die Säule.

Der Typ hatte sich aus der Kirchenbank gehievt und begann sich, mal schlurfend, mal hüpfend, auf Karo zuzubewegen. Mit einem mehr als finsteren Gesichtsausdruck. Und mit etwas in der Hand. Eine Waffe? Karo verschwand hinter der Säule und ließ sich fallen.

„Ist bewaffnet!", kreischte sie ins Walkie-Talkie. „Roger. Hilfe!"

Das Gerät knisterte. „Hier Dancer. Bin unterwegs. Roger."

„Ich auch, Rudolph. Roger."

„Hier Roger, ich meine, Donner. Durchhalten. Roger."

„Bin gleich da, Rudi. Roger."

Schlurf-schlurf, hüpf. Schlurf-schlurf, schlurf. Er kam immer näher. Sie traute sich nicht, hinter der Säule hervorzuspähen. Hier stehenzubleiben war jedenfalls kein guter Plan. Bis zur Tür waren es vielleicht sechs Meter, höchstens acht. Sie holte tief Luft und rannte los. Aus dem Augenwinkel sah sie, wie er den Arm hob. Etwas Dunkles wirbelte durch die Luft, traf Karo an der Nase und brachte sie aus dem Gleichgewicht. Aus ihrer Nase schoss Blut, ihr Kopf schmerzte, ihr war schwindelig. Karo stöhnte und fiel auf die Knie. Das Blut tropfte auf ihren Ärmel und hinterließ keine Spuren. Praktisch.

Der Schlurfer näherte sich. „Und jetzt den Schlüssel", sagte er und streckte eine Hand aus.

„Hände hoch! Sie sind umzingelt." Durch den Seiteneingang strömten sieben Weihnachtsmänner und gingen in Stellung. Der Typ hob seine Arme.

Wieso hatten sie Waffen und Karo nicht? Egal. Karo grinste ihre Kollegen an.

Ein Flügel des Haupteingangs öffnete sich. Lutz trat in die Kirche und blieb stehen. Er schüttelte den Kopf und zog seine Marke. „Kripo Essen. Nehmen Sie die Waffen runter. Was, zum Teufel …"

„Rudolph hier hatte Probleme mit dem da. Der is'n Drogenhändler. Und da sind wir –"

97

„Ja. Alle für einen und einer für alle. Besonders, wenn es ein Mädchen ist."

Karo hielt sich das Bartende unter die Nase. Es färbte sich rot.

„Ich dachte mir doch, dass du das warst." Lutz reichte Karo ein gebügeltes Taschentuch. „Und wen haben wir denn hier? Ich glaub's nicht: der Schneemann! Ich dachte, Sie machen die Drecksarbeit nicht mehr selber?"

„Er musste für jemanden einspringen", sagte Karo. „Und da —"

„Aber wieso hat er Handschellen um die Füße? Nein — sag's nicht."

Karo tat ihm den Gefallen und sagte nichts.

Sie fiel in Ohnmacht.

# DIE AUTORIN

Gesine Schulz, Schriftstellerin mit einer Vorliebe für Krimis, Katzen, Gärten und Irland, lebt im Ruhrgebiet, verbringt aber auch gerne Zeit auf der Grünen Insel, wo ihr zweiter Schreibtisch steht.

Besuchen Sie ihre Websites

> www.gesineschulz.com
> www.billie-pinkernell.de

Liebe Leserin, lieber Leser,

als ich für den ersten Krimi mit der Privatdetektivin Karo Rutkowsky ein kleines und vor allem preiswertes Büro für die Detektei suchte, kam mir das damals ziemlich heruntergekommene Lichtburg-Gebäude gerade recht.

In den Geschichten, die in den folgenden Jahren in diversen Anthologien erschienen, erfährt man so nebenbei von Abrissplänen der Stadt, vom Umdenken, von der Schließung für die Renovierung (bei der ein Stückchen Decke auf Karo fällt), von der feierlichen Wiedereröffnung und anderen Geschehnissen.

Möglicherweise kennen Sie die Lichtburg, Deutschlands größten und seit der Restaurierung wohl schönsten Filmpalast, in dem Karo Rutkowsky ihr kleines schäbiges Detektivbüro hat?

Dass bei den stets schnell ausgebuchten Führungen hinter die Kulissen der Lichtburg immer wieder mal gefragt wird, ob man nicht einen Blick in Karos Büro werfen könne, finde ich witzig. Aber wer weiß?

Ich bin gespannt!

Und sollten Sie beim Lesen Appetit auf den Eierpunsch bekommen haben, den Karo im Winter so gerne trinkt: Das Internet ist voll von Eggnog-Rezepten mit und ohne Alkohol.

Gesine Schulz
www.gesineschulz.com

# QUELLENVERZEICHNIS

**Die in diesem E-Book enthaltenen Kurzgeschichten sind zuerst in anderen Kurzkrimi-Anthologien erschienen:**

*Blut auf dem Schuh*
Unter dem Titel *Der kleine Ritter von Hugenpoet* zuerst erschienen in *Killer, Kerzen, Currywurst. Kriminelle Weihnachtsgeschichten aus dem Ruhrgebiet.* Hrsg. von Almuth Heuner. Prolibris Verlag. ISBN 978-3-95475-156-3

*Ein Freundschaftsdienst*
Zuerst erschienen in *Zechen, Zoff und Zuckerwerk. Kriminelle Weihnachtsgeschichten aus dem Ruhrgebiet.* Hrsg. von Almuth Heuner. Prolibris Verlag. ISBN 978-3-95475-181-5

*Blaubart im Schnee*
Zuerst erschienen in *Schlaf in himmlischer Ruh... 24 Morde bis Weihnachten.* Hrsg. von Belinda Rodik. Wittig Verlag. ISBN 978-3-8048-4476-6
Auch enthalten in beiden Auflagen von *Der Beuys von Borbeck.* Von Gesine Schulz. Leporello Verlag. ISBN 3-936783-07-1 und ISBN 978-3-936783-25-4

*White Christmas*
Zuerst erschienen in *Leise rieselt der Schnee. 24 Krimis zum Fest.* Hrsg. von Gisa Klönne. Ullstein Verlag. ISBN 3-548-25787-9
Auch enthalten in diesen Büchern von Gesine Schulz: *Grab mit Aussicht.* Leporello Verlag. ISBN 978-3-936783-42-1 sowie in der ersten(!) Auflage von *Der Beuys von Borbeck.* Leporello Verlag. ISBN 3-936783-07-1

Der Titel des in *White Christmas* erwähnten Gedichts lautet *'Twas the Night Before Christmas.* Erich Kästner übersetzte es ins Deutsche: *Als der Nikolaus kam.*